突然ですが、お兄ちゃんと結婚しますっ!
堺流通留 Toru Heinagare
ねぶそく ill. Nebusoku
そうか、布団なら敷いてあるぞ。
JN211725

星延凜音
【ほしのべ・りんね】
実妹
「いいですか兄さん？　世の中全てはお金です。
世界はお金で回っています。
元気があっても何もできませんが、
お金があれば何でもできるのです」
いや、何でもは無理だろ。兄妹で結婚とか……
いいえ、可能です。ほら、その証拠がここに
総理の特例下りちゃってる!?

舞並空
【まいなみ・そら】
義妹
「わたしの進路希望は彗のお嫁さん一択。
学力は必要ないから問題ない」

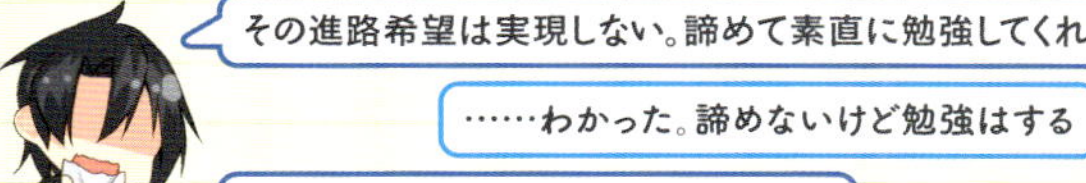
その進路希望は実現しない。諦めて素直に勉強してくれ
……わかった。諦めないけど勉強はする
何故、保健体育の教科書を手に取る?

露女青葉
【つゆずめ・あおば】
似妹
「お兄。そんなに興奮したら
身体にさわっちゃうぞ。
ちょっと落ち着きなよ」
冷静になって。実妹は法的に、義妹は世間的に
結婚なんて無理だから、ね？
あ、ああ……そうだな。サンキュー青葉
結婚できるのは血も書類も繋がっていない
似妹のわたしだけなんだし
できてもしねえよ！ 妹は妹だ！

舞並彗

【まいなみ・さとる】

兄

「明日から俺は、どんな顔して
お前らと向き合えば
いいんだろうな……」

旦那さまな顔をして向き合えばいいと思います
夫の顔をして向き合えばいいと思う

一家の大黒柱の顔をして向き合えばいいんじゃないかな？
聞いた俺がバカだったよ

妹水着
コレクション

contents

普通というのはすばらしい 011
今の俺の普通の日常 016
誕プレ 051
クラス委員(仮) 087
棒と玉 114
アルバイト 144
状況整理 164
リゾート 167
水着タイム 181
時にはダチョウのように 194
俺たちは旅行の定番ができない 208
テスト勉強 217
墓参り 234
わずかな変化 250

突然ですが、お兄ちゃんと結婚しますっ！
そうか、布団なら敷いてあるぞ。

塀流通留

口絵・本文イラスト●ねぶそく

普通というのはすばらしい

俺が中学に上がったころから、わりとそこそこの頻度で『とある言葉』をネガティブ方面の意味で耳にするようになったんだけど、この言葉を耳にするたびに俺は何かモヤモヤした……なんというか、こう……上手く言葉にできない、恋にも似た感情を抱いている。

そのフワッとしたモヤモヤ感を俺に与え続けているその言葉は『普通』の二文字だ。

「お前ってめっちゃ普通だよな」「○○くんって何かフツー」に代表される例文で使用されるこの言葉は、先に言ったようにネガティブな意味で使われることが、俺の周りでは非常に多かった。

これを使っているヤツは明らかに「普通だから面白くねえな」「普通だからヤダー」みたいな意味でこの言葉を使っている。話の雰囲気からいってたぶんクラスカースト上位に属する（頭が）パーリーピーポー系。

なるほど。「マジで」「ウケる」「パない」の三種類の言葉をメインに据え、両手の指の数だけで事足りる程度の単語と、その場のフィーリングを駆使して完璧に会話をこなしてしまうような、対人コミュニケーション能力を異能の領域にまで高めているようなヤツらにとっては、確かに普通であることはネガティブなのかもしれない。普通の人間にそんなことできないからな。

自分たちができることを『普通』なヤツらはできない。

だから自分たちは『普通』のヤツよりも優れている。

つまり、『普通』＝ネガティブ。

こんな感じの方程式が、ヤツらの頭の中にはできているに違いない。

確かに世間一般で考えれば、たいていのことはできないよりできるほうがいい。

こういうスキルは使いどころを間違えれば、ただの無礼で馬鹿になってしまう危険性を孕んでいるピーキーな能力ではあるけれど、正しく使えば人の輪を広げることのできる立派なスキルになるから、それができない『普通』なヤツらは劣っている。つまり『普通』＝ダメだと思ってしまったんじゃないだろうか。

そう思った連中が集まって、どこの学校でもクラスカースト上位を独占して、『普通』＝ネガティブにしてしまったんじゃないだろうか。

だが、俺はこの意見に異を唱えたい。

『普通』ってそんなに悪いことなのか？――と。

『普通』のどこが悪いんだ？――と。

むしろ『普通』最高だろうが！

あのなぁ、言っておくけど普通じゃないってマジで大変なことなんだぞ？

お前らよく「一人暮らししたい」だとか、「家族マジうぜぇ。いなくならねぇかな」とか言ってるけど、本当にそうなったらどうなるか考えてみたことあるのか？

今の日常が突然崩れて、右も左もわからない世界にたった一人で放り出される恐ろしさに耐えられるのか？

その様はまさに異世界転移。転生みたいに徐々に異なった環境に慣れる時間も与えられず、全てが奪われリスタート。

ノーマネー&ノージョブだけでなく、ノー知識にノー人脈、ノー常識と、ないない尽くしのファイブカードでフィニッシュという、おそらく自分の人生で考えられる限りの最悪な状態から「第二の人生がスタートしました」と言われるようなものなんだぞ。考えるだけで恐ろしくないか？

普通であればそんなリスクは極力下がるんだ。

特に波風立てることなく、常識を守って『普通』にしていれば、基本的に明日の心配をせずに毎日を過ごせる。

家に帰れば家族がいて、何もしなくても美味い飯が用意されてて、あったかい布団で眠ることができる。

な？　普通最高だろう？

わざわざ普通じゃないことをして、人生のリスクを増やす必要なんてないんだ。

幼少期に色々あって、同年代のヤツらがまず経験したことのないような普通じゃないことを散々味わった俺は、そのことを誰よりも深く理解している。

普通であることこそ至高。

今の日常を守るために、普通じゃないことは極力避けるべし。

それが俺の座右の銘。

だけどこの春、俺の『普通』を揺るがす事件が起こった。

まあ事件と言ってもそんな大したことじゃない。両親が海外赴任になって一人暮らしになったというだけだ。

問題があるのは……………。

生活費も食費も小遣いも、親が出してくれるので問題ない。

……………………。

…………。

……

たぶん、見たほうが早い。

今の俺の普通の日常

「あ、お帰りなさい♪」

玄関のドアを開けるなり、一人暮らしのはずの俺の部屋から一人の少女が現れた。

髪の色は黒。変わったデザインの髪留めと赤いリボンを身につけた、清楚(せいそ)な雰囲気が特徴的な美少女である。

彼女はどうやら料理をしていたらしく、学校の制服であるブレザーを着て、その上にエプロン、手にはおたまを装備していた。

その姿はたとえるなら——幼な妻(おさなづま)。

現役女子高生の美少女幼な妻とか、俺は一体前世でどんな善行を積んだのだろう？

並大抵(なみたいてい)のことでは実現不可能なシチュエーションなので、もしかすると世界とか救って歴史に名を残しているかもしれない。

「ご飯にします？　お風呂にします？　そ、それとも……」

自分の前世についてあれこれ想像していると、件(くだん)の幼な妻は俺のカバンを手に取り隣に並び、笑顔でこんな質問を投げかけてきた。

新婚夫婦のテンプレだな。たいていの新婚夫婦の場合、ご飯を選ぼうがお風呂を選ぼう

が、最後のヤツに繋がる連続技になっているのでこの会話に意味はそれほどないように思える。

だから俺は、この会話に意味を与えようと、第四の選択肢を選ぶことにした。

「もしもし？　警察ですか？　不審者を一名発見しました。今すぐ来てくださ――（ゴスッ！）」

持っていたスマホが一瞬で叩き落された。

そう、俺が選んだ第四の選択肢とは通報。絶対最後のヤツに繋がらない選択肢。連続技ならぬ一撃必殺。

新婚夫婦のようなやりとりが一変、事件直後のサスペンスへと変わった。

明らかな怒気をはらみ、やや興奮気味なご様子の彼女である。

「ちょ、ちょっとどういうつもりですか!?　どうしてそこで警察に電話を!?」

「いや、どういうつもりも何もな……」

先に述べたとおり、現在俺は一人暮らし。自分のいない間に他人が部屋に入ってたら、そりゃあ警察に通報するさ。

住居侵入罪――いわゆる不法侵入は刑法百三十条に該当するれっきとした犯罪だからな。

そう優しく諭してやったのだが。

「まあ、何てことを⁉　よりにもよって不法侵入だなんて、冗談でも言っていいことと悪いことがありますよ⁉」

「いや、俺冗談なんて言っていないんだけど」

「ではブラックジョークですか⁉　あれは使い方を間違えると人を不愉快にしますから、使用には細心の注意を払うべきです！　現にわたしは悲しい気持ちになりました！　慰謝料を要求します！」

「ブラックジョークでもないっての。だいたい慰謝料とか意味わからん」

どう考えても俺が被害者だろう。

むしろこっちが貰いたいわ。

「とにかく、わたしは不法侵入なんてしていません！　ちゃんと鍵を開けて玄関から入りました！」

「どうやって？　合鍵なんて渡してないぞ？」

「合鍵なんてなくたって、愛さえあればドアは開くんです。愛の前に鍵など無意味！」

「その愛の別名は？」

「マスターキーですね」

「不法侵入確定じゃねえか（ぺしんっ）」

「あふんっ♪」

自供によるウラが取れた。

とりあえず額に軽いチョップでツッコんでおく。

「マスターキーってお前な……。それ一番やっちゃいけないヤツじゃねえか。前にニュースで同じことしたヤツ思いっきり捕まったぞ。逮捕案件だ」

「し、仕方ないでしょう!?　だって合鍵もらってませんし！　嫌ならください！」

「あげるわけないだろう。っていうか、何でお前に合鍵を渡す必要があるんだ？」

「何でって、そんなの決まっています！」

彼女は持っていたおたまの先を、俺にビッと突きつけ言う。

「わたしは兄さんの妹……兄妹(きょうだい)だからです！」

☆

「わたしは苗字(みょうじ)こそ違えど血の繋(つな)がった実の妹なのですから、部屋の中にいても問題ありません。いいえ、むしろ部屋にいないほうが不自然極まりありません」

彼女は声高(こわだか)にそう主張する。

さっきから散々幼妻とか美少女とか引っ張らせてもらったことだし、何より本人の口からも出たことだし、そろそろ語ってもいいだろう。

そう、何を隠そう不法侵入者であるこの少女は、実は俺の妹なのだ。しかも実妹。

名を星延凛音といい、同じマンションの同じ階に暮らしている。

ちなみに俺の名前は舞並彗。兄妹で苗字が違うのは……まあ、察してほしい。

とりあえず別々の苗字にならざるをえなかった過去が俺たちにはあって、紆余曲折を経て去年の春、高校入学を機に再会したと思ってくれて構わない。

凛音と俺は別々の家庭に引き取られ、実に十年近くにわたって異なる生活を送ってきた。

だからだろうか。通常の異性の兄妹が思春期を機に疎遠になるところがそうはならず、まるで恋人のようにベタベタしてくる。

ずっと離れ離れだった妹が、離れていた時間を埋めるべく色々してくれるのは、正直に言うと嬉しいものがあるっちゃあるのだが、それでも限度というものがある。

たとえ妹でも、自分のいないときに部屋に上がられるのは嫌……というかまずい。

ぶっちゃけ危険である。

一体何が危険なのかは、異性の裸に興味津々な思春期男子のみなさんならば、あえて言わなくても察してくれるだろうと思うので言わないでおく。

「兄さんの部屋の中にわたしがいることこそ、自然であり世界の常識。それが成されないことこそ不自然であり非常識。世界のバランスが崩れます」

「いや、その理論はおかしい」

「いいえ、おかしくなんてありません。兄さんがそう思うのは、それが当然だと思い込まされているからなのです。妹がいない兄の部屋……この状況は世界のバランスの崩壊を招き、核戦争の引き金を引きかねません。終末時計の針が十秒前くらいに――」

「もしもし？　病院ですか？　救急車を一台お願いします。ええ、普通のじゃなくて黄色いヤツを――」

「話の途中で電話はやめましょう。っていうか、私の頭は正常です（ポコンッ）」

「痛っ!?」

おたまで頭を叩(たた)かれた。

ツッコミにしては少々キツイんじゃないでしょうかね？　我が愛する実妹(じつまい)さまよ。

最初の警察といい、本当に電話しているわけじゃないことくらいわかっているだろうに。

あとついでに言わせてもらうと、そんなことで終末時計の針が進んでいたら、人類は百万回くらい滅亡している。

「ふんっ、わたしに合鍵をくれない兄さんなんて少々痛い目にあえばいいんですっ」

プィッと横を向いて膨れてしまった。

俺のほうをまったく見ようともせず、おたまで鍋をかき回し続ける――かと思いきや、チラチラと何か言いたそうな視線をこちらに送る。

「で、でも……」

「うん？」

「でも、でもですね……兄さんばかり痛い目にあうのは不公平なので、もしよろしければ兄さんもわたしを痛くしてもいいんですよ？」

さすがにツッコミとはいえ、金属製のもので一撃は悪いと思ったのだろうか。凛音（りんね）がそんな提案をしてくる。

俺は別に気にしていないので、特にやり返そうという気持ちはない。

そう凛音に伝えたのだが。

「ダメです」

速攻（ソッコー）でこう返してきた。

「兄さんがよくてもわたしがダメです。自分のこととはいえ、さきほどのツッコミは少々いきすぎでした」

くうっ……と凛音が顔を背ける。

「古代バビロニアのハンムラビ法典にこういう言葉もあります。『目には目を。歯には歯を』。この言葉の意味、兄さんなら説明しなくてもわかりますよね？」

「ああ、まあな」

こう見えて勉強だけはきちんとやっているのだ。

ハンムラビ法典の意味くらい余裕で知ってる。

「目を潰された者は、報復に目を潰し返してもいい。歯を折られた者は、報復に歯を折り返してもいい。誰かに何かを害されたのなら、同じだけの報復を行うことを法律で許可するってことだろ？」

「そう、そのとおりです。さらに言うと、そこまでは許可するからそれ以上はするなということだったらしいですね」

「へえ」

そこの部分は初めて聞いた。

一つ勉強になったな。

「まあそれはひとまず置いておくとして、つまりこの法律に照らし合わせると、わたしにおたまで殴られた兄さんは、反対にわたしをおたまで殴っていいということになります」

そう言うと、凛音は俺の手を取り、持っていたおたまを握らせる。

「さあ、どうぞ！」

「いや、さあどうぞって言われてもな。俺、別に気にしていないし」

「わたしが気にしているんです！　兄さんを傷つけた大罪人だというのに、罪も償うことなく許され日常を過ごす……そんなのわたし耐えられません！　裁いてください！　わたしの罪を裁いてください兄さん！」

　跪き、祈るような姿勢で懇願してくる我が実妹。

　……どうしよう？　俺、頼まれているとはいえ妹を殴るとかすごく嫌なんだけど。

「お願いします、兄さん……」

「…………………」

　とはいえ、愛する妹にここまでお願いされてしまってはやらないわけにもいかない。

　それで本人の気が済むというなら一回だけ、軽く。ツッコミ返すくらいの強さで。

　俺は「もしかして凛音ってMなのかな？」という疑念を内心抱きつつもおたまを振り上げ、なるべく痛くないように、それでいてある程度のいい音はするように、額を狙ってそこその速度で振り下ろした。

　ぽこん。

「ああっ⁉」

　凛音が悲鳴を上げ、額を押さえながら、ふら～～っとした動きで床に倒れた。

　そして数秒の後に身体を起こして自分の手を見つめて言う。

「……血が」

「えっ⁉」

　そ、そんなバカなことあるかっ⁉

絶対怪我させないように、それでいて痛すぎないように、かといってまったく痛くないわけでもないように、超絶妙の力加減で振り下ろしたんだぞ!?

もしかして力加減をミスったのか!?

「顔に、傷が………」

俺のミスで怪我をさせてしまっていたとしても、絶対に加減はされている。一生残るようなキズなんてつくわけない。

今すぐ手当てすれば絶対間に合う。

「凛音、傷口を見せろ！　今手当てしてやる！」

凛音の両肩を抱き顔を覗き込む。

「ってこれ口紅じゃねえか（ズビシッ！）」

「あふんっ♪」

右脳と左脳の中間地点、額の中心に強めのツッコミを再び入れる。

べったりというか、ぺっとりとした真紅の縦線が、薄めに俺の手に付着した。

どうやら渡したおたまに仕込んでいたっぽい。

「うぅ……兄さんにキズモノにされてしまいました♪　こうしてキズモノにされてしまっ

た以上、もうお嫁にいけません」

痛いのに嬉しそうな声を上げる凛音さんである。

先ほど抱いた凛音ドM疑惑が再び俺の中で急浮上するが、そんなことがどうでもよくなるくらい衝撃的な言葉が凛音の口から飛び出した。

「これはもう、兄さんにお嫁さんにしてもらうしかありませんね」


お嫁さん。

もう一度言おう、お嫁さん。

世の中の女子が憧れるであろうナンバーワンの職業（だといいなあ）――それがお嫁さんだ。

これを口にしても女子的に全くおかしくはない。

おかしいのは――それを実兄の俺に言っているという一点だけである。

さすがにこれはいただけない。

俺は、たとえ妹がどんな特殊でアレな趣味や性癖を持っていたとしても、純粋に愛せる自信がある。

なにしろ十年もの間離れ離れになり、ようやく再会できたかわいい妹なのだ。

妹がたとえどんな成長を遂げていたとしても、その全てを純粋に愛するに足る。少しやせ過ぎていようが、反対にぽっちゃりしていようが、貧乳だろうが巨乳だろうが、尻がデカかろうが（むしろエロス）それは変わらない。

だがしかし、俺の愛はＬＩＫＥであってＬＯＶＥじゃないのだ。

なのでこれはいただけない。

これはおそらく、間違いなく、絶対の絶対ただの冗談、仲の良い兄妹間における少々ブラコン気味の妹から愛するお兄ちゃんへ送るシスタージョークの一種であることはほぼ百パーセント間違いないのはわかっているが……いるのだが、まあ一応。一言言って然るべきだろう。

妹の冗談につきあってやるのも兄としての務めだしな。

「凛音、お前に言いたいことがある」

「何でしょう？」

俺は凛音の両肩に手を置きがっちりと掴むと、真剣な眼差しを作り上げ、じっと、諭すように優しく、それでいてはっきりとした強い声で次の言葉を述べる。

「兄妹で結婚はできない」

当たり前だが兄妹で結婚などできるわけがない。詳しくは民法七百三十四条を参照。

大昔は血統を守るために、上流階級の間でしばしば近親婚が繰り返されはしたが、当然のことながら現在は禁止されている。

　国によってその基準はまちまちだが、少なくとも血縁上の三親等内での結婚を認めている国を俺は知らない。

　俺と凛音は兄妹、つまり二親等なので、地球上のどこの国に移住したところで結婚は不可能なわけで。

　そう凛音に説明したところ、

「あはははははは！　相変わらず兄さんは面白いですね。ユーモアに満ち溢れています。面白すぎてお腹がよじれるかと思いました」

　爆笑が返ってきた。

　予想外のウケっぷりだ。

　どうやらあの返しで正解だったみたいだな――と思った俺だったが、我が愛する実妹の頭の中身は、別れてすごした約十年の間に予想もしない方向に進化していたようで、

「兄妹だって結婚できますよ。お金でできないことなどありません」

　凛音はニッコリと微笑むと、バチッと綺麗なウィンクを俺に送りこう告げた。

すんごくいい顔で最低なことを言う、我が愛する実妹さまである。

前髪の『¥マーク』の髪留めがキラキラして若干ウザい。

「いや、できないよ？　いくら金を積んだところで兄妹で結婚なんてできるわけないだろう」

「いいえ、できますよ？　確かに安くはありませんけど」

何おかしなことを言ってるんだろうこの人――とでも言いたげな顔で凛音が返し、こう続ける。

「いいですか兄さん？　世の中全てはお金です。世界はお金で回っています。元気があっても何もできませんが、お金があれば何でもできるのです」

「……欲と金にまみれた大人が言いそうなセリフだな」

「欲と金にまみれた人生を送ってきたので」

淡々とした口調で凛音が告げた。

薄々気づいているだろうけど、実はこの妹、今はめっちゃいいところのお嬢様である。

先に述べたとおり、俺の実妹である凛音の今の苗字は『星延』。

そう、あの『星延』だ。

おはようからお休みまで、地球上に住む全ての人類へなんらかの形で関与していると言われる、日本が世界に誇る大企業『星延グループ』。

『総資産が一国の国家予算に匹敵する』『世界を裏から支配している』など、そんな噂がまことしやかに囁かれるあの『星延』、そんな超ウルトラセレブな家庭に凛音は引き取られ、俺と別れてから約十年、娘として育てられてきたのだ。

しかもこの実妹、義理の両親から超溺愛されて育ったらしく、一人暮らしをここで始めるにあたり、自分の部屋だけじゃなく箱ごと購入していたりする（しかも一括）。

普通の女子高生ができないことを平然と金の力でやってのけているあたり、確かに欲と金にまみれた人生を送ってきたのだろうと思う。

「法律の改正は確かに数億や数十億のはした金じゃ難しいですけど、一兆もあれば可能でしょう。兄さんが望むのでしたら、今年中に二親等内での婚姻を許可する法案を通してごらんにいれますっ！」

「ごらんにいれないでいい！（ぺしんっ！）」

「おふっ♪」

再び額にツッコミを入れる。

「いつまでもアホなこと言ってないで、お使いでも行ってきてくれ」

「わ、わかりました」

凛音はハンカチを取り出すと、額についた口紅を拭った。

さすがに額を赤くして買い物なんて行けないからな。

俺も布巾で手を拭い、自分の財布から一万円札を抜き出し凛音に握らせる。

「で、何を買えば？」

「適当に惣菜でいいよ。何を買うかは任せる」

「了解ですっ！」

俺の指示を受けて凛音が嬉しそうに靴を履く。

引き取り先の星延家ではよほど大事にされていたらしく、一人でおつかいができるのが楽しいらしい。

俺は凛音を見送るために玄関から身を乗り出す。

「あ、凛音」

「はい？」

言い忘れたことがあったので背に向かって一言。

「ちゃんと四人分な」

「わかってますよ」

言われなくても——とでも言うように軽く手を振り、凛音は階下へと消えていった。

俺はコンロの火を止め、キッチン奥にあるドアをあける。

「おかえり、彗」

何かいた!?

先に述べたとおり、俺はとある思春期上の理由から合鍵を誰にも渡していないため、この何かは凛音に続く二人目の侵入者である。

「おかえり――じゃない、空。勝手に人の部屋に入るなっての」

まあ侵入者っていっても凛音同様妹なんだけどな。

そう、俺の妹は凛音だけじゃない。幼少期から今の今まで、色々あったその結果、凛音のほかにあと二人ほど、新たな妹が俺にできた。

つまり、俺には三人の妹がいる。

一人は世界の星延に引き取られた実妹の凛音で、一人は俺が引き取られた家の実子である義妹の空。

そして、最後の一人は俺と凛音が一時期預けられていた施設で一緒だったヤツだ。こいつは俺より年上なので、厳密に言うと義理どころか妹ですらない、むしろ姉なのだが、まあいいだろう。

妹とは年齢ではなく概念。結婚すれば年上の弟や妹、もしくは年下の兄や姉ができる場合もあることだし、細かいことは言いっこなしだ。

妹という存在の解釈に納得いってもらったところで、改めて紹介しよう。

この小さな銀髪少女が残りの妹の片割れで、現在の俺の戸籍上の妹の舞並空だ。つまり義理の妹である。

彼女は現在、俺の右隣の部屋で一人暮らし。ロシアンクォーターである空の見た目は銀髪翠瞳なので、黒髪黒目が主流の日本人の中ではとても目立つ容姿をしている。

そのせいで過去に語りづらいことをされていた時期もあったのだが、今は立派に乗り越えている。

いや、もう乗り越えているというか——飛び越えている。

自分の部屋は隣にあるというのに、まるで部屋の主であるかのようなふるまいだ。

服装もキャミソールに短パンと完全に部屋着モードだし、髪型も適当でポニーテールだかサイドテールだかよくわからない。（俺の予想ではツインテールにしようとしたけど、メンドくなってサイドになったパターン）

苦い過去に囚われることなく育ってくれたのは、兄として喜ばしく、可能ならその勇気と強さを賞賛する歌を作り、しっかりと後世に遺したいところではある……あるのだが、もうちょっと、もうちょっとなんかこう……見た目と一致するレベルに収まらなかったものだろうか。

ぶっちゃけちょっとグータラすぎる。

あと超マイペース。

「喉渇いていない？　冷たいもの食べる？」

勝手に部屋に入ったことに対して文句(もんく)を言う俺を無視し、空(そら)はあくまでマイペースだ。

「アイスがあるけど、どうする?」

「……もらう。喉渇いたし」

「ん、わかった……………………はい」

「おい、空。お前今どこからだした?」

「わたしの胸(保管場所)」

「お前保管できるほど無いだろうが(ペシッ!)」

「あぅ……♪」

ツッコミを入れつつアイスをひったくる。

保管場所と空は言ったが見てのとおり、空の胸にそんな収納スペースはない。

「お前なあ、そんなトコに入れといたら溶けちゃうだろう」

「問題ない。そのアイスはボトルアイス。溶けたらジュースとして飲めるタイプ」

中身を確認すると、空の言うとおり、白い液体が入ったビンのような形のプラスチック容器が二つ見える。

「飲み頃になるまで温めておいた。将来の予行演習も兼ねて」

「予行演習? いったい何の?」

「子どもができたときの」

「備えるタイミングが早すぎるわ！」

「早いにこしたことはない」

　俺のツッコミに空がドヤ顔で返す。

　この義妹、用意周到すぎるな。

「一本ちょうだい」

「はいよ」

　部屋にあったハサミで半分に分け、飲み口を切って空に渡す。

　渡す際力が少し入ってしまったのか、中身が押されて飛び出てしまい、空の顔にかかってしまった。

「あ……」

　白い液体（アイス）が空の顔から首筋、胸元へと垂れていく。

「舐める？」

「舐めない」

　舐めるわけないだろ。

　小学校の頃ならまだしも、今の俺たちは高校生だ。

　顔↓首筋↓胸元とか、明らかに抱く（性的に）流れじゃねえか。

　義理とはいえ、妹にそんな真似はできない。

「……そう」

空はアイスを零れないようにテーブルに置くと、自分にかかったアイスを指で拭い、舐めた。

それが終わるとベトつかないよう、ウェットティッシュで丁寧に拭き取ってからアイスをくわえ、部屋で一つしかないベッドに横になる。

アイスをチューーチューーと吸いながら、近くにあったマンガを片手にゴロゴロする。

同年代男子には見せられない。

美少女という概念が、根底から覆される。

「空、ベッド使うのは別にいいけど、俺のニオイついちゃうぞ。人って寝ている間が一番汗とかかくから」

「問題ない」

「そうか？　お前がいいなら俺はいいけど……」

「わたし、彗のこと好きだから。別についてもいい」

「お、おう。そうか……」

マンガで表情は見えないけど、淡々とした口調から察するに、何の気なしに言った言葉なのだろう。

急に好きとか言われて、正直少しあせったぜ。

こういう猫みたいな気まぐれ行動がかわいくて、ついつい甘やかした結果が今の空を形成したのだろう。ちょっと反省。

平静を取り戻し、制服の上着をハンガーにかける。

「そうだ空、一応聞くけど、お前、この部屋のもの何かいじくったりしていないよな？」

俺は凛音（りんね）に聞き忘れたことを空に尋ねた。

合鍵をキープしている事情が事情なので、これだけは絶対確認せねばならない。

凛音には後で聞こう。

「していない。しいて言えばこのマンガくらい」

「本当に？」

「本当、何もいじっていない」

「そっか、ならいい――」

「あぁ～サッパリした！　やっぱひとっ風呂（ぷろ）浴びた後はキンキンに冷えた牛乳だなっ！」

「やっぱりよくなかった⁉」

よかったと胸を撫（な）で下（お）ろして空の近くに腰を下ろそうとしたところ、とてもよくない格好（かっこ）をした第三の不法侵入者が部屋に入ってきたため、俺の行動は中断された。

肩のあたりで切りそろえられたミディアムショートヘアと意志の強そうな瞳、そして、そんな少年的（ボーイッシュ）な要素とは正反対に育った、肉感的な身体が印象的な新たな美少女。

彼女の名は――露女青葉。

現在高校三年生の、俺の部屋の左隣に暮らしている年上の妹的存在にして第三の妹。

妹ではない年上の妹――すなわち似妹である。

青葉との出会いは、俺と凛音が引き取られる前にいた、身寄りのない子どもを預かる施設だ。

あの頃は子どもだったこともあり、少年のようではなくまるっきり少年そのもので、俺と凛音は初め、青葉を完全に男だと思っていたわけだが、いやはや……。

時の流れっていうのは本当に面白いものだと思う。

「あ、お兄おかえり」

「『あ、お兄おかえり』じゃない！　全くお前は……あの……こう……その……あーっ！　ツッコミどころが多すぎてどこからツッコんでいいやら……」

「お兄。そんなに興奮したら身体にさわっちゃうぞ。ちょっと落ち着きなよ。リラックスするんだ。このわたしみたいに」

「お前はリラックスしすぎだよ！」

ほぼ裸じゃねえか。

牛乳片手に、空の傍へと腰掛けた青葉の恰好はバスタオル一枚。芸能人の温泉ロケなんかでよく見るアレだ。

兄とはいえ、男の部屋でこんな格好はさすがにいただけないわ。

なんかすっごいムチムチしてるし。

「ほほぉう、わたしのどのへんが『しすぎ』なのかな？　参考までに聞かせてくれる？」

「そんなのおっぱいに決まっているだろう！」

もっともリラックスしているであろう部分をストレートに指摘してみる。

ここは狭い日本だっていうのに広大なアメリカ大陸みたいに育ちやがって……。ＴＰＰの影響で胸の栄養が自由貿易でもされたのかお前は。

まったく、実妹（じつまい）といい義妹（ぎまい）といい似妹（にまい）といい、俺の妹たちは自由すぎるぜ。

「…………お兄（にい）にセクハラされた」

「先にセクハラされたのはこっちだっての」

無断で部屋に上がられたあげく（ついでに風呂に入られたあげく）、バスタオル一枚で登場だからな。

女から男へでもセクハラって成立するんだぜ？

「とりあえずまずは服を着ろ。いつまでもそんな格好でいるんじゃない」

「わたしの服、結構汗かいちゃってるんだけど、それでも着なければダメかな？」

「ダメに決まっているだろう。何かの弾みでタオルがズレたらどうするんだ？」

「ああ、それなら大丈夫。問題なし」

青葉が残った牛乳を流し込んだ。

リラックスした様子を崩さないところを見ると、おそらく何かしらの予防をしているのだと思われるが……。

「もしかして、下に別の服を着ているのか？　たしかにそれなら安心だけど」

「いいや？　今のわたしはこのタオル以外、何も身に着けていないよ？」

「微塵も安心できないわ！」

「そう興奮するなよお兄。何も身に着けていないというのはさすがに嘘だからさ」

「ああ、なんだ嘘なのか」

「当たり前だろう？　わたしはもう子どもじゃないし。年齢だってお兄より一つ上の大人の女だし。何も身に着けずに異性の前に出るような非常識な女じゃないって」

「常識的な大人の女は、勝手に人の家の風呂には入らないと思うんだけどな」

「まあ、それはそれとして」

「それとするな」

俺のツッコミを華麗にスルーする青葉さんである。

「ちゃんとタオルの下に纏っているよ。だから安心して」

「そうは見えないけど、それならまあ——」

「しっかり身に着け着こなしているさ。……女子力を」

「やっぱりその下全裸じゃねえか！」

「あ」

ハラリ――と、青葉（あおば）の身体を覆っていたバスタオルが宙を舞う。

「あああああああぁぁぁぁ…………あ？」

むちむちのバスタオルの下の女子力を目撃した俺は、最初こそパニックに陥（おちい）ったが――すぐに正気に戻った。

どうやら青葉の言った女子力とは、概念（がいねん）ではなく物質だったらしい。

バスタオルの下は黒のチューブトップ＆白の短パンという名の女子力で、しっかりとガードされていたようだ。ちゃんと服着てるじゃねえか。

「言っただろう？　女子力を着こなしているって」

「女子力じゃなくて、服を着ていると言えっての（パシン！）」

「あふっ♪」

無駄にドキドキさせられたお仕置きとして軽いツッコミを入れる。

「ああ、そうだ青葉」

「うん？」

勝手知ったる兄の部屋とばかりに、テレビとPS4（プレイステイシスフォー）の電源をつけ、ゲームを始めようとしている青葉に声をかける。せめて一声かけて許可を取れよ。

「ちょっと聞きたいんだけど、お前、俺がいない間に部屋のものとかいじくった？」

「ふっ、愚問だねお兄。どうしてわたしが風呂に入っていたと思っているのかな？」

「暑いから？」

「ブブーッ！」

青葉は胸の前で大きなバツを作ると、急に横を向いて儚く笑う。

「正解は…………汚れてしまったからです」


――チュドオオォォォォォォン！（精神描写）

俺、死亡。

死因は爆死だ。男の部屋に仕掛けられたＲ－18による爆死。

犯人は似妹。

恐れていたことが、合鍵を渡さない理由が、思春期上の理由が発生していた。

「ゴミ箱からゴミが見えているのが気になっちゃって……ほら、わたしって結構キレイ好きだから…………。最初はゴミだけ片付けるつもりだったんだけど、片付けるうちに段々と熱が入っちゃって……」

「あ、ああ……そうだな（超気まずい）」

「どうせ、キレイにするなら部屋全体をと思って……本棚の裏やベッドの下なんかも掃除した結果………色んな意味で、その……汚れちゃったんだ。だからお風呂にね……」

「そ、そうですか……（死ぬほど気まずい）」

恥ずかしげに顔をうつむけながら、青葉(あおば)は必死に声を絞り出す。

青葉の言う『汚れ』は、基本的に物理的な意味だが、若干精神的な意味も含まれている。

「つ、つかぬことをお聞きしますが青葉さんや。その……本棚の裏やベッドの下に落ちていた『モノ』はどうなされましたかな？（気まずすぎて言葉がおかしくなってる）」

具体的には本とかＤＶＤとか。

「落ちていた本は……本棚にちゃんと戻しておいた」

「タイトル見えてる!?」

「ＤＶＤもちゃんとラックの中に」

「表紙の確認もできちゃってる!?」

「花瓶には花を生けておいた。でもこの花瓶、ずいぶんと柔らかい素材でできているんだね？　ゴム製なのかな？」

「あ、青葉、さん……もう……もうそれ以上は……。武士の、武士の情けを……」

「お兄(にい)、この花瓶の内側、やけにつぷつぷした突起物があるんだけど、一体これは何だろう？　よかったら教えてくれない？」

「……お前わざとやってないか？　俺を追い詰めて楽しんでないか!?」

「…………てへっ」

「かわいく笑って誤魔化すな（ペシッ）」

「あふっ……♪」

青葉の口元には、微かに笑みが浮かんでいる。

さっきの恥ずかしがる仕草は完全に演技だったようだ。

俺の似妹が演技派すぎる。

しかし青葉とは違い、俺の態度は演技などではなく。

「終わったな…………俺の人生」

身内に性的な趣味がバレた上、それ関連のお宝が全発掘されて晒されるという、真性のドマゾでも相当キツイ精神的拷問を受けた俺はもう虫の息だ。

「明日から俺は、どんな顔してお前らと向き合えばいいんだろうな……」

「今までどおりで問題ないだろ？　お兄みたいな年頃の男は、こういうのを持っているのが普通だし」

「わたしは気にしない」

「そうですよ兄さん。このくらい全然普通です」

「お、お前たち……」

いつの間にか凛音も帰っていたらしい。

妹たちの心遣いが、汚れた俺の心には眩しすぎる。

「ウチのお義父さんなんて、自室を改造して隠し扉をつけた上に、その先に専用のシアターまで持ってるんですから」

凛音、それ慰めになっていない。

より上位の恥ずかしい人を提示したからといって、自分が恥ずかしくなくなるわけじゃない。

あとそれ、できれば知らんぷりして差し上げろ。

「このくらい許容範囲。この程度で嫌いになるわけない」

空、お前の言葉はお兄ちゃんすごく嬉しい。

でも、わざわざ手に持って実物提示しないでくれ。

ライフがガリガリ減る。

「この一年、お兄はわたしたちの前でそういった話も態度も見せなかったから。むしろこれを見て安心したくらいだよ」

青葉、そう言ってくれると気が楽になる。

だけどそう言いつつページをめくって、中身を確認しないで欲しい。

っていうかお前ら今日は帰れ。

「それはそれとして兄さんの好みはどんな感じなのでしょう青葉さん？」

「この本の37ページがやけにめくりやすくなっているね」

「……なるほど、だとしたら――」

「……頼むから帰ってくれ」

☆

いかがだっただろうか？

これがこの春から俺が送っている日常風景の一コマだ。

一人暮らしの俺の部屋に、かつて離れ離れになってしまった実妹や似妹、そして同じ時をすごした義妹が集まり、好き勝手に騒がしく過ごしているこの状況、はっきり言って
……………………………最高だよな？

妹とはいえ女子。それも自分には不釣合いなほどに容姿の整った同年代の女子だ。

そんな美少女軍団と同じ空間で楽しく過ごすとか、最高以外に表現のしようがない。

これを最悪とか最低とか言うやつは、一度いい眼科医に診てもらうことをお勧めする。

ほんの少し普通じゃなくなってしまったために、転がり込んできた新たな世界。

時々爆死レベルの精神的被害をこうむってしまうことはあるけど、美少女とイチャイチ

ャできる妹ハーレム。

これらは、全て普通じゃないから味わえるものだ。今までどおり、両親や義妹(ぎまい)とともに同じ家で普通に暮らしていたら決して味わえない。そんな素敵空間。

この部分だけ見ると「普通じゃないのは素晴らしい」「やっぱ普通ってダメ」だなと思うかもしれない。っていうか絶対思う。

何かが激変するということは、当然良い方向にも変化する可能性は十分にある。普通じゃなくなったおかげで受ける恩恵、この変化はまさにそれだ。

だがよく考えてほしい。これはあくまで物事全体の一部分でしかないということを。

残りの部分を見てしまえば「普通はダメだ」など絶対言えない。

今までの部分はただの前フリ。

問題の内容はここからだ。

普通じゃなくなったことで発生した深刻な問題……それは、俺の十七歳の誕生日に起こった。

誕プレ

その日、俺は珍しく遅くまで学校に残っていた。

普段ならば授業が終わりしだい速攻(ソッコー)で帰宅するか、もしくは友達と一緒に街をブラつくという、非常に今時の高校生の放課後らしい二択なのだが、この日はたまたまクラス関係の用事があり、そのせいで居残りをするハメになってしまったのだ。

実は俺は、現在クラス委員（仮）なのである。

（仮）なのは、今の俺の立場が暫定的(ざんていてき)なもので、本格的なクラス委員ではないから。

今はまだ四月の中旬に入ったばかりで、まだ各委員を決めていないため、一年のときのクラス委員経験者が、暫定的にその業務についているというわけだ。

俺以外にも経験者がいたのだけど、それでも俺がクラス委員（仮）として業務をこなしている理由は、進級約一週間で早くもクラスのみんなから人望を集めたから――などという理由では当然なく、単にジャンケンで負け続けたからという理由に他ならない。

……俺、昔からジャンケン超弱いんだよな。

放課後の大切で貴重な時間を、このように使うのはいささか不本意だけど仕方がない。

明日のホームルームで使うプリントの印刷と、そのついでに請(う)けた先生からの用事が終わり、校門を出たのが午後六時過ぎ。

どんよりとした曇り空のせいで、幾分早く夜が訪れた街を足早に駆け抜ける。

俺と空の両親はこの春から海外出張中で、お互い別々の部屋で一人暮らしをしているため、別に急いで帰る必要はない。

にもかかわらず足早なのは、凛音からの一通のメールがあったせいだ。

件名＝早く帰ってきてください
本文＝待ってます♪　あなたの妻より

うん、まあ……何というか。アレだな。

明らかに実の兄に送るメールじゃないよな、これ。

たとえるなら新婚ホヤホヤの奥さんが旦那さんに送るメールだ。この前の結婚ネタが凛音の中でブームなんだろうか？

まあそれはともかく、「早く帰ってきてください」「待ってます」なんて言っているし、また勝手に上がりこんでいることは明白だ。

例のアレらは隠し場所は変えたけど大丈夫だという保証はない。この前みたいに勝手に掃除されて見つけられた挙句、博物館みたいに展示されてしまう可能性は大いにありえるところだ。

故(ゆえ)に、即帰宅する。

「勝手に入るなって言ったのに……っ！　本当に、あいつは……っ！」

全速力で走ったせいか、通常二〇分かかる道のりを一〇分で走破完了。

マンションを見上げ、自分の部屋の明かりを確認。しっかり明るくなっていたので、間違いなく凛音はあそこにいる。

おそらく空と青葉(あおば)もいる可能性が高い。

あいつらは血こそ繋(つな)がっていないけど、人生が繋がっている仲良し姉妹だ。

一人いたら、基本的に三人いると思っていい。

エレベーターを待つ時間が惜しいので駆け足で階段を上り三階へ。

自分の部屋の前までダッシュで移動しドアノブを回す。

「ただいまっ！」

靴を脱ぎ捨て奥へ。

部屋に繋がるドアを力いっぱいあける。

――パァーンッ！

銃声!?――って、そんなわけはない。

　専門店へ行かなくても、そこそこデカいスーパーなどで簡単に銃が手に入るアメリカとは違い、ここは平和な日本なのだ。

　音に驚いて呆然(ぼうぜん)としている俺の目の前を、ヒラヒラとした紙吹雪(かみふぶき)が舞い散る。

　ってことは、この音は当然銃なんかじゃなくて。


「兄さん、おめでとうございます!」

「彗(さとる)、おめでとう」

「お兄(にい)、おめでとう!」


　パァーンッ!――と、再び。

　クラッカーから出た紙テープが、俺の身体に絡みつく。

　呆然とした顔で紙テープを頭に乗せながら、壁にかけられたカレンダーを見ると、いつの間にか今日の日付に○がつけられている。

　……思い出した。

「あ……ああ、そうか。そういえば今日だったたっけ?」

「あれ?　兄さん、もしかして忘れていたのですか?　自分のことなのに?」

「うん、まあ」

「彗らしい」

「まったくね」

空と青葉が微笑みつつ小さく頷く。

そう、本日四月十一日は何を隠そう——、

俺の、誕生日だったのである。


「すっかり忘れていたよ。ここのところ色々あったしなあ」

ちなみに凛音とは双子じゃないので、学年は同じでも誕生日が違う。

凛音の誕生日は三月三日。ちゃんと覚えている。

「確かに色々あった。わたしの入学、お父さんお母さんの転勤、わたしたちの引越し」

「それを知った凛音ちゃんの引越しもね」

四月の頭から始まり、中旬の今日にまで至る経緯をしみじみと語る妹たち。

一ケ月にも満たないこの時間内に、よくまあ色々とこんなイベントが密集したものだと思う。特にマンション一括購入して引っ越してきた最後のやつ。

「引っ越すの、結構大変だったんですよ？」

「それはそうだろうさ。だってお前が引っ越してきたのって、俺と空が引っ越した翌日だっただろう？」

「明らかに急なタイミング」

「ああ、あの時はさすがのわたしもものすごく驚いたよ。いきなりオーナーが変わるんだもん」

一人暮らしをするにあたって、部屋だけじゃなく土地&建築物ごと購入するとか、非常識極まりない。

「ふふ、わたしはもう高校生のお姉さんですからね。いわゆる大人買いというヤツです」

「そんな大人買いはない（ぺしん）」

「あふんっ♪」

建築物と駄菓子を同列に語るな。

このマンションはうめえ棒か。

「まったく、そんなことすれば大変なのは当たり前だろう？　所有者が変わるんだから契約やら、住んでる人たちへの説明やら。それに支払う金やらさ」

「ああ、そのへんは全然大丈夫でした」

凛音の髪飾りがキラリと光る。

「兄さん、お金で解決できないことなどないんですよ?」

この間に続き、またしてもすんごくいい顔で最低なことを言う、我が愛する実妹さまである。

「お義父さんから十分なお小遣いをもらっていますので、そのへんは全然大丈夫でした」

「「………………」」

凛音のこの発言で場が沈黙した。正直ドン引きである。

あの一括払い……小遣いだったのか。

「中には何か色々言ってきた人もいますけど、誠意を見せたらちゃんとわかってくれましたし、やはり人間話し合うことが大切ですね」

俺も空も青葉も、凛音を引き取り育てた星延家の教育方針にただただ沈黙するばかりだった。

絶対誠意＝現金だよこれ。

絶対話し合い＝日本円だよ。

絶対札束ビンタ炸裂してるよ。

セレブの話し合いこわい。

「じゃ、じゃあ引っ越すにあたって何が大変だったんだ?」

「大変だったのはお義父さんです。わたしと離れたくないって、一人暮らしは危険だからやめたほうがいいって、子どもみたいに泣き喚いて本当に大変だったんですから」

「へぇ、いいじゃないか。泣き喚いて止めるってことは、それだけ愛されているってことだろう？」

　凜音が今の両親に愛されているようで安心した。

　話から察するに、少し過保護な気がしないでもないけど、邪険にされるよりは全然良い。

　そう凜音に伝えたのだが、

「それでも限度がありますよ。わたしがここに引っ越して一人暮らしを始めてから、星延関連企業の株価が著しく落ちてしまっているのですから。それもこれも、子離れできないお義父さんが出社拒否をしているせいです。何十万という社員の命を預かる企業のトップがそんなことでどうするのですかね。まったくもう、お義父さんたら」

「それなら家に帰ってやれよ。社員が路頭に――」

「倒産やら撤退やらに追い込まれた子会社もあるというのに」

「すでに迷っていた!?」

「大丈夫です。わたしがすでに人を雇って新会社を設立しています。路頭に迷う前に助けています。ポケットマネーで」

「ああ、そうか。それならよか――」

「一日十二時間労働、月平均六十時間のサービス残業あり。休日出勤ありの労働条件で」

全然良くなかった。

俺の実妹の会社がブラックすぎる。

そのことを指摘すると、「こんなの黒いうちに入りません。日本の常識です」と笑って答える、我が愛する実妹さまである。

おい日本、お前法治国家だろう？　法治じゃなくて放置しちゃダメじゃないか。

新たなブラック企業生まれているぞ。

「というのは冗談です」

席に着き、テーブルに置かれた四つのコップにジュースを注ぎながら凛音が答える。

いかにもいたずら成功――といった表情だ。

「今言ったほとんどが嘘です。ふふ、本気にしました？」

「何だ、嘘か……よかった」

そのことを聞いて、俺はほっと胸を撫で下ろした。

愛する実妹がこの国の闇の一端を担っていないで本当に良かった。

まあ、俺は闇に染まった妹でも愛せる自信はあるといえばあるのだが。

「お義父さんの説得が大変だったのは本当ですけど。お義母さんと一緒に頑張って、渋々ですけど許可させせました」

はい、兄さん——と、凛音がジュースの入ったコップをくれる。

「では準備が整ったので、そろそろ乾杯といきましょう」

そう言って凛音がコップを掲げた。

俺を含めた残り三人もそれに合わせる。


「乾杯！」

「「「乾杯！」」」


本人が完全に忘れていた、妹たちの手によるサプライズ誕生パーティーは非常に楽しかったと言っておこう。

妹たちそれぞれが持ち寄ったゲームで遊ぶのも楽しかったし、妹たちが用意してくれた料理も美味しかった。

一部出来合いのものが混じっていたり、明らかな失敗作もあったりしたが、そんなものは気にならない。

妹たちの祝ってくれる気持ちがただただ嬉しい。

妹たちと食って遊んで、そうこうしているうちに時間は過ぎ、パーティーの終盤。

「それでは兄さん、パーティーも終わりに近づいたことですし」

俺の今後の人生を左右する、最大のイベントが待ち構えていた。

「わたしたちから誕生日プレゼントがあります。受け取ってください」

俺はこの日、生涯忘れることのないプレゼントを受け取ることになる。

☆

「誰からいきます？」

「凛音でいい。プレゼントを置き忘れてきたから取ってくる」

「同じく。わたしのプレゼントは包装に時間がかかるから先にやっててよ」

「はい、わかりました」

そんなやり取りをした後、空と青葉は部屋を出て行った。

俺の誕生パーティーなのにプレゼントを忘れるなんて、空らしくてちょっと微笑ましい。

それに青葉、包装に時間がかかるって、一体何を用意してくれたのだろうか。

何をくれるのか楽しみだ。

「では、まずはわたしのプレゼントから」

凛音はクイッと、服の襟元を引っ張りそこに手を入れ、懐から細長いものを取り出した。

「どこに入れてる？（ぺしっ）」

「あふんっ♪」

プレゼントの出所がアレだったので、とりあえず軽くツッコんでおく。

「非常識なのは理解しています。でも、できるだけ長い間気持ちを込めたかったんです。だって兄さんへのプレゼントですから」

「そ、そうか……」

そう言われると弱い。

受け取ったプレゼントには凛音の温もりが移っている。

「…………………」

「兄さん？　どうかしました？」

「い、いや？　別に？」

俺は受け取ったプレゼントを念入りに、指先に感覚を集中させ確かめる。

「何か細長いな。あと、ちょっと硬い」

感触からして、これは箱。多分だけど木製っぽい。

重さもすごく軽いし…………これは、もしかして。

「万年筆、かな？」

「ふふ、さあどうでしょう？」

凛音の微笑からは正否は判断できないが、多分そうなんだろう。

っていうか、この軽さと大きさ&形状を考えるとそれしか思い浮かばない。

「サンキュー、凛音。大事に使わせてもらうよ」

「は……はいっ！　大事に、使ってください……っ！」

「？」

俺がお礼を言ったとたん、凛音の顔が真っ赤になり声が裏返った。

何でそうなったのかわからないが、とりあえず気にしないことにして話を続ける。

「それじゃあ早速だけど、開けていいかな？」

「ど、どうぞ……」

凛音の許可ももらったので、プレゼントの包み紙を丁寧に外す。

その動作を見守る凛音が、何と言うか……ものすごく真剣な表情だったのでちょっと開けづらかった。

自分のプレゼントが気に入ってもらえるか緊張しているのか？

だとしたら杞憂なのに。

愛する妹からの、気持ちがこもったプレゼントなのだ。

何をもらっても嬉しいに決まっている。

「ん？　何だこれ？　紙？」

箱の中に入っていたのは予想に反し、万年筆などではなく、折りたたまれた一枚の紙だった。

　他にあるものといえば、ものすごく高そうな紫色の台座。指輪ケースなんかに入っている柔らかいアレだ。これと箱の重さで万年筆だと思い込んでいたのか。

　凛音からの俺へのプレゼントは一枚の紙。

　どうやら本当にこれだけらしい。

　もしかしたら何かの権利書か？

　凛音の金銭感覚からして十分ありえるし、もしそうだったらさすがにもらえない。

　どうやって返そう？

　ゆっくりと字を追い、とりあえず書いてある内容を確認する。

「あの、凛音、さん？」

「はい、何でしょう兄さん？」

「これ何？」

「わたしの主従契約書です。もちろんエッチなこともＯＫです。むしろ歓迎――」

「どこのエロゲーだっ⁉」

　――ビリリリリリリッ！

「あーっ⁉　せっかく勇気を出して作ったのに！　何故ですか⁉　どうしてなのですか⁉　なにゆえこんなむごい仕打ちを……」

「やかましいっ！　自分の胸に手を当てて考えてみろ！」

凛音から抗議の声が上がったが、一喝して黙らせる。

何をもらっても嬉しいといったな？　アレは嘘だ。

凛音は俺の言葉に素直に従い、自分の胸に手を当てて考え始めた。

考え込む凛音の表情からは、「何が悪かったのでしょうか？」という感情しか読み取れない。

どうやら凛音の引き取り先の世界に誇る大富豪は、凛音をしっかり育てはしたけど、一般常識にまでは手が回らなかったらしい。

凛音の金銭感覚からもそれはうかがえるので多分間違いない。

何だか頭が疲れてきたので額に手を当て、集まりつつあるしわを揉みほぐす。

「ただいま」

凛音とのやり取りが終わってしばらくしたころ、プレゼント片手にようやく空が戻ってきた。

「彗。これ、わたしから」

そう言って空が差し出してきたのは、これまた細長い何かだった。

包装されていて中身が見えないが、大きさ的に凛音と被っている。

凛音とは違って箱ではなく、直接包まれているような感触だが、凛音からのプレゼントがインパクトありすぎて引きずっており、正直嫌な予感が止まらない。

「え、と……開けていいか？」

「うん、開けて」

息を呑みながら包装を解くと、中から出てきたのは一冊のノートを切り離して作った、手作り感溢れるプレゼントだった。

「あ、これ……」

俺にはそのプレゼントが何だか理解できた。

というのも、かつて空が毎回両親の誕生日にこれを作ってプレゼントをしていたのを見ているからである。

「肩たたき券、か」

そう、これは肩たたき券。

自分でお金を稼ぐことができない子どもが、行動で感謝を示すために作り上げるプレゼントの代表格だ。

「……ありがとう空。そのうち使わせてもらうよ」

「気に入らない？」

「気に入らないってわけじゃないんだけど……何ていうか……」

「？」

「高校生にもなって肩たたき券ってどうなのかなーとは思う」

ぶっちゃけると肩たたき券を送っていいのは小学生までだと思う。

中学生以上がこれをプレゼントとして使った場合、考えるの面倒くさいし、まともなプレゼントを用意するのも何かもったいないからこれでいいや――的な考えの下に用意したと勘ぐってしまう。

同年代に比べて小柄とはいえ、空は高校生で一コ下だ。

そんな妹に肩たたき券をもらっても……ねえ？

もちろん空はそんなこと考えてはおらず、気持ちを込めていると信じているが、それでも微妙だと言わざるを得ない。

「彗は何か勘違いをしている」

「勘違い？」

空が首肯する。

「彗にあげたソレは肩たたき券じゃない」

「肩たたき券じゃない？」

「うん。めくって内容をよく見てほしい」

そう言われてペラリと表紙をめくる。

「それは肩たたき券じゃなくて初物券（はつものけん）」

「ハツモノケン？　何だそれ？」

「使うと、わたしの色々な初めてを受け取ることができる。内容はファーストデートやファーストキス、それにファーストセックスと多岐（たき）にわたる。各一枚ずつしかないから大事に使ってほしい」

「使いませーん」


――ビリリリリリリッ！


「あ……」

速攻（ソッコー）で破いた。

「せっかく、作ったのに…………」

「空、お前何考えてこんなの作ったんだ？　怒らないから教えてくれるか？」

「気持ちを込めたプレゼントを送りたかった」

「だったら肩たたき券でいいだろう！」

「彗、肩たたき券が許されるのは小学生まで」

まったくこの兄は何を言っているのやら――とでも言いたげに空が首を振った。

中途半端なサイドテールをふっとかき上げる仕草がちょっとだけムカつく。

「だからわたしは考えた。お父さんお母さんへのプレゼントは考えるの面倒くさいから今年はコレでいいとして、彗へのプレゼントをどうしようかと」

「許されるの小学生までじゃなかったのか？」

「舞並家特例法により今年はＯＫ」

「そんな法律存在しねえよ」

「高校に入学してからずっと考えて、考えて考えて……そしてひとつの結論に至った。高校生は大人……だから、大人への第一歩を踏み出した証となるものを送ろうと」

俺のツッコミを無視し空が続けた。

大人の方向性を完全に間違ってる。

凛音といい空といい、こいつら二人とも『常識』って単語をググったほうがいい。

「…………………」

凛音に続いて空もアレなプレゼントだった。

俺の実妹と義妹の頭の中は一体どうなっているのだろうか？

疲れがさらにひどくなったように感じたので、さっきよりも力を入れ、念入りに額のしわを揉みほぐす。

ビリビリに破いた主従契約書と初物券をクシャクシャに丸めてゴミ箱に捨てたところでメール着信。相手は青葉だ。

内容を確認すると、プレゼントの包装が完了したから取りに来てほしいとのことだ。

実妹&義妹とアレすぎるプレゼントが続いたため、正直嫌な予感しかしないが行かないわけにもいかない。

サンダルを履き、後ろに二人の妹を従え、左隣にある青葉の部屋へと向かう。

ガチャリと玄関のドアを開けて三人で中へ。

俺の部屋と同じようにキッチンの奥にある、プライベートスペースへと繋がるドアを目指す。

「…………………………」

「兄さん、どうしました？」

「開けないの？」

ドアノブを回そうとして、止まった。

その原因は傍に控える二人のかわいい妹だ。

青葉のプレゼントもこの二人と同じ方向だったらどうしよう――という、一抹の不安が俺の手を止めている。

「開けないならわたしが開けちゃいますね」

「青葉のプレゼント、興味ある」

いつまでも動かない俺の手の上に、二人の妹の手が重なり動いた。

プレゼントの姿が徐々に見えていく。

リボンに包まれたプレゼントの姿が、月の光で露になる。


――パタン。


ドアを閉める。

「凛音、空」

「はい」

「うん」

「帰るぞ」

俺たちは何も見なかった。

全身にリボンを巻きつけ、バースデーカードをくわえた似妹の姿なんて見なかった。

☆

夜十時。

アレすぎるプレゼントを用意してきた残念な妹たちに、小一時間ほど説教した後、俺の誕生パーティーは解散となった。

四人で飲み食いして出たゴミを片付け、使った食器を洗う。

それらが全て終わった後にシャワーを浴び、ベッドに寝転んで一息つく。

「はぁ～……」

疲れた。

本当に疲れた、色々な意味で。

「まさか、あんなプレゼントを用意していたとは……」

目を閉じると自然と思い浮かんでしまう、三人の妹たちが用意したプレゼント。

主従契約書。

初物券。

自分自身。

なるべく忘れようと思ってはいるけど、多分しばらくは忘れないだろう。

「冗談じゃ、なかったのか……」

冗談であんなプレゼントを送るような人間はいない。

ネタだと思っていた凛音のセリフ――『結婚』。冗談だと思っていたものが本気だとわかり、しかも凛音だけではないとわかり、俺はとてつもない不安感に襲われた。

そう、これこそが俺が『普通じゃなかったから』直面した問題。

三人の妹たちの暴走——妹たちからの告白である。

「俺は、どうすればいい……？」

普通に考えれば悩むまでもない。兄である俺を異性として見ているのは妹たちだけ。恋愛は一方通行では成立しない。

ならば、俺がそれに応えなければいいだけの話だ。少しの悩む時間もなく、答えはそこに帰結する。問題にすらならない。

だけど、それはあくまで俺が妹を異性としてみていないということが大前提だ。

……正直に告白しよう。表面上は兄として振舞っているが俺だって妹たちと同じなのだ。

長年離れ離れで、突然成長して現れた実妹なんて普通の妹のように見れないし、長年一緒にいたけど血が繋がらない義妹なんて普通の妹のように見れない。妹的存在であっても家族ですらない似妹なんていわずもがなだ。

俺は兄だ妹だと言ってはいるが、俺は三人を妹として見れていない。

口ではＬＩＫＥと言っているが、もちろんそういう感情があるのは嘘じゃないが、百パーセントそうじゃない。そう自分に言い聞かせているだけだ。

俺にとって三人は——、

一人の、女の子なのだ。

このことを三人に打ち明けるつもりはない。

三人が俺の気持ちを知れば、知ってしまえば、もう今のような関係にはなれないからだ。

幸せだった日常は崩壊し、男と女、女と女の修羅場と化す。

妹ハーレムとも言い換えることのできる、仲の良い兄妹(きょうだい)関係にはもう戻れないだろう。

血の繋がりや過ごした時間などを飛び越して作り上げた、最高に楽しい時間と空間は二度と手に入らないだろう。

誰か一人を選んでしまえば、今まで築き上げてきた全てが終わる。

誰か一人を選んだ瞬間、残りの二人は去っていく。

人間関係が粉々になって、仲の良かったやつ同士がいがみ合って、喧嘩して、ギスギスして、不倶戴天(ふぐたいてん)の敵同士になるのは必然だ。楽しかった普通の日常が、崩壊の一途を辿ってしまう。

俺は今までどおり、妹たちと『普通』に楽しく在りたい。

普通じゃないのは、今までの人生だけで十分だ。

今までどおりの普通の日常を送る。そのためには……、

「…………頑張るしか、ないよな」

そう、俺が頑張るしかない。

妹を異性として見てしまう自分がいる以上、普通の日常、仲の良い兄妹関係、妹ハーレムの維持を願うのならば、気持ちを揺るがせないよう頑張るしかない。

どんなことを言われても、どんなことをされても、今の関係を維持するように努めるしかない。

たとえ妹を悲しませることになったとしても、今の日常が壊れるよりはいい。疎遠になるよりいい。仲の良い兄妹でいられるのが、『普通』の日常が一番だ。

だから、俺は頑張らなければならない。

妹たちに本心を気づかれないように、悟らせないように、テンプレラブコメの主人公のように自分を偽り、兄という仮面を被らなければならない。

何故なら、俺は妹たちが大好きだから。

誰よりも、世界で一番大切だから。

選んではいけない。

妹たちに優劣をつけてはいけない。

だから俺は——仮面を被る。

「ボロが出たらまずいし、念のため明日休もうかな？　でも、そうしたら絶対あいつら見舞いとか言ってここ来るだろうしな……っていうか、どっちにしても来るだろうから学校行ったほうがいいよな……」

とりあえず、明日顔を合わせたときに変に思われないように気をつけよう。

☆

そして翌日の夕方。

結局ちゃんと学校へ行き、授業を終えて帰宅すると、部屋の主(あるじ)であるはずの俺より早く三人の妹たちが勢ぞろいしていた。

どうやって中に入ったのかはもうツッコまない。

というか諦めた。

あと――、

「兄さん、聞いてほしいことがあります」

「右に同じ」

「以下同文」

単純にそんな雰囲気じゃない。

一体これから何が起こるのか？　妹たちに何を言われるのか？

見えない不安に押しつぶされそうだ。

「まずは昨夜の非礼をお詫びさせていただきます」

「彗、昨日はごめんなさい」

「よくよく考えてみれば、誕生日プレゼントに相応しくないものだったね。ごめん」

「お、おう。まあ、わかればいいよ」

三人の妹たちは、俺の前に一列に並んで深々と頭を下げた。

「主従よりも奴隷にすべきでした。わたしは覚悟が足りませんでした」

「わたしの鑑定書もつけるべきだった。初物偽装を疑われても仕方がない」

「ああいうのは恋人になってからやるべきだったよね。わたしは何てバカだったんだろう」

「今の話で、お前たちが全然わかってないことがよくわかったよ」

謝るポイントが違いすぎる。


「お前たち……そういうことは俺じゃなくて、将来の恋人とやるべきだ」

この言葉が示す本当の意味は、やんわりとした拒絶だ。

お前たちとそういう関係になる気はないと、俺は暗に示しているのだ。

昨日の行為は行き過ぎた妹的いたずらであって、告白じゃないと言っているのだ。

正直、自分でもこれは卑怯だと思う。

態度や空気こそアレだったが、妹たちは間違いなく俺に『好きだ』と言っていた。

それなのにそれを否定するどころか、無かったことにするこのような態度は、相手の勇気を踏みにじるような行為に他ならないと思う。

でも仕方がないのだ。俺は今の関係を崩したくないのだから。

妹たちからの告白に、気づくわけにはいかないのだから。

一人を選ぶわけにはいかないのだから。

もう、誰とも離れたくないのだから。

俺は心の中で三人に土下座をしながらこの言葉を紡いだ。

でも、これで諦めてくれるだろう。

「ええ、そうですね。兄さんの言うとおりです」

「だからこそわたしたちは、彗相手にあんなことをした」

「お兄、将来の恋人としろとお兄は言ったけど、わたしにとっての将来の恋人は、お兄以外に考えられないんだ」

甘かった。

今にして思えば、三人はもう止まれないところまできていたのかもしれない。

そういう気持ちが抑えきれなくなるのは、何も男だけじゃないのだ。

「好きです、兄さん」

凛音が、告白した。

その言葉が俺の心に染み込むより早く、空と青葉が言葉を紡ぐ。

「彗、…………好き」

「好きだよ、お兄。兄妹としてではなく、一人の異性として……」

三人が、俺に告白した。

もう、逃げることはできない。

これだけハッキリと言われてしまえばもう逃げ道はない。

正面からぶつかる道しか残っていない。

「ごめん、俺はお前たちのことを妹としてしかみていない」

ハッキリとした拒絶。

妹だからつきあうことはできない。

俺は、俺が望む関係を維持するために、三人の気持ちを拒絶した。

断られた妹たちの気持ちを思うと、ものすごく心が痛むが仕方がない。

これだけハッキリ断れば、三人もきっと諦めてくれるだろう。

そう思った俺は――まだ甘かった。

「わかりました」

「……へ？」

「彗（さとる）はわたしたちを妹だと思っている。だからつきあえない。そういうこと？」

「お、おう……」

「なるほど、そういう事情なら仕方ないか。さすがに妹とはつきあえないだろうし」

断った直後だというのに、妙に聞き分けの良いこの反応。

まるで「その言葉は予想の範囲内だ」とでも言っているように思える。

「兄さんがそう言うだろうとは予想していました」

合ってた。

「普段の態度から、彗はわたしたちに女を感じていないということは予測できた」

「それを理由に断られるだろうと、わたしたちは予測していたんだよね」

こっちは間違ってた。

どうやら俺の本心はバレていなかったらしい。直接本人たちの口から聞けて一安心だ。

「だからわたしたちは三人で話し合い、ある結論を出しました」

「じゃーんっ！　これを見てくれお兄っ！」

青葉が掛け声とともにどこからか取り出したのは一枚の紙だった。

「……何これ？」

「わたしたち三人から改めて送る、彗への誕プレ」

その紙にはこう書かれている。

・『兄妹和親条約』
①舞並彗は、実妹（星延凛音）、義妹（舞並空）、似妹（露女青葉）の三名の中から一名、恋人を選ぶ権利を持つ。
②三名の妹は、誰か一名が舞並彗との恋人関係を成立させた場合、大人しく身を引く。
③恋人関係成立の条件は、舞並彗が「〇〇とつきあう」と明言すること。
④この条約を結んでから一年の間、舞並彗は緊急の用事がない限り、妹たちとの時間を優先すること。

⑤この条約の期限は来年の舞並彗の誕生日までとすること。この期限内に恋人関係が成立しなかった場合、舞並彗は実妹、義妹、似妹の三名を恋人にする権利を永久に失い、同時に下記三名を永久に妹にする権利を得る。

星延凛音
舞並空
露女青葉

「今年の誕生日プレゼント、わたしたちは兄さんに『未来』をあげようと思います」

「わたしたちの誰かを恋人にする未来。もしくは、わたしたちとずっと兄妹でいる未来」

「どちらの未来を迎えるか、全てはお兄の行動次第ってわけさ」

三人の妹たちはそう言うと、俺の顔を見て不敵に笑う。

たとえるなら、バトル漫画の主人公がライバルに向ける笑顔。

「今は妹にしか見られなくても、この先どうなるかはわかりませんよね？」

「わたしたちは成長期。挽回できるチャンスは十分にあると見ている」

「一年後、わたしたちの関係がどうなっているのか楽しみだね」

そう言い終わると、代表として凛音がペンを渡してきた。

最後に署名しろ——ということだろう。

　この条約に乗るか否か？

　そんなの、決まっている。

「わかった。乗ってやる」

　俺はどことなく面倒くさそうな、たとえるなら妹の遊びに兄が無理矢理つきあってやるような表情を作り、署名する。

　何故ならこの条約は、現状維持を願う俺にとっても好都合だからだ。

　一年間、来年の俺の誕生日まで何もしなければ妹たちは諦めてくれる。

　ずっと、俺の妹でいてくれる。

　別れることもなく、離れることもなく、普通の妹として、ずっと傍にいてくれるのだ。

　一年、たった一年だけ妹たちからのアプローチを我慢すれば、俺が望む『未来』が確定するのだ。乗らない手はない。

「その代わり一年だぞ？　一年たって何もなかったらお前ら素直に諦めるんだぞ？」

「ええ、もちろん。これで条約締結ですね」

「彗の恋人になれるか。それとも、一生妹か。……彗の恋人になってみせる」

「ふふん、覚悟はいいかなお兄？」

　実妹、義妹、似妹たちがそれぞれ熱く燃えている。

話題は結構シリアスなのに、コメディっぽいこの調子。

こっちのほうが俺たちらしいし俺好みだ。

「我慢できなくなったら迷わず手を出してくださいね？」

「悪いけどそのつもりはない。俺は妹とはつきあわない」


……というわけで。

普通の兄妹（きょうだい）関係を維持したい俺と、それを壊したい妹たちによる戦争（ラブコメ）が、こうして幕を開けることとなった。

普通であればこんな面倒なことは起こらなかっただろうと思うと、やっぱ普通は最高だと思う。

平和な日常を壊す異常（しげき）はいらない。

クラス委員（仮）

『兄妹和親条約』というものが、俺と三人の妹たちの間で結ばれた。

その条約は、来年の俺の誕生日までに、妹に手を出さなければ俺の勝ち。三人は俺を諦め、一生妹の立場を全うする。

逆に妹に手を出したら俺の負け。俺は手を出した妹を恋人とし、新たなる関係に踏み出さなければならないというもの。

妹として傍にいて欲しい俺と、恋人として傍にいて欲しい妹たち。

双方の意見の対立は、このようなある意味戦争的手段の適用によって、一時的な終息を見せた。

だがこれはあくまで収束、解決じゃない。

この問題の解決は、今日から一年間の俺の行動にかかっている。

波乱万丈と言っていい俺の人生の中で得た三人の愛する妹たちと、これからも今のような関係を続けていきたい俺なので、絶対妹たちに手を出すわけにはいかないし、そういう素振りを見せるわけにもいかない。

なら妹たちに会わなければいいじゃないか——と、誰かが聞いたら思うかもしれないが、それこそ最低最悪の悪手、極めて脳筋なバカの発想以外の何物でもない。

そんなことをすれば、妹たちを意識しているのが丸わかりじゃないか。

せっかく再会からの一年間、妹たちの目を誤魔化せていたのに、その成果を自分で潰すとかありえない。

妹たちには「俺に妹としか見られていない」という思い込みを、この一年だけでなく、ぜひ墓まで持っていって欲しい。

だから妹たちにはこれまでどおり接し、諦めてもらう。これが最善だ。

そのためには妹たちのいかなる行動に対しても、これまで以上に冷静に、不動明王のごとき不動心で受け流すのがベスト。

そう思って昨夜は眠りについたわけなのだが、

「……朝っぱらから人の部屋で何をしているんだお前は」

さっそく受け流せないレベルの事態に直面する俺だった。

ベランダに備え付けの洗濯機から、洗濯済みの衣類（下着含む）を、せっせと角ハンガー（洗濯物を吊るすやつ）に吊るしている、初々しい若奥さまな実妹の姿が俺の視界に飛び込んでくる。

「あ、おはようございます兄さん。見てください、今日は雲一つない良い天気ですよ」

「見てください――って言われてもな…………」

　雲一つない青空よりも、俺の下着を握り締めている、制服エプロンが妙に似合う実妹の姿にどうしても目が行ってしまう。

「あ、これは失礼しました」

　じっと見つめる俺の視線でようやく気がついたのか、凛音は恥ずかしそうに顔を染めて誤魔化すように笑う。

「ちゃんと洗濯物のシワが伸びていませんでしたね。やり直します」

「違う、そこじゃない」

「え、じゃあ柔軟剤ですか？　安心してください。ちゃんと入れています」

「いや、そこでもない」

「じゃあ洗剤の量でしょうか？　ちゃんとスプーン一杯にしておきましたよ。引越し当時、入れすぎてベランダを泡まみれにしちゃって、兄さんや青葉さんに叱られましたからね。ちゃんと覚えています」

「うんうん、ちゃんと覚えているようで何より――じゃなくて！」

「もう、じゃあなんなんです⁉」

「家主の寝ている間に忍び込んで、勝手に洗濯していることに決まっているだろう！（ズビシッ！）」

「あふんっ♪」

額の中心にツッコミを入れる。

「勝手に洗濯って………実の兄妹じゃないですか」

「実の兄妹だろうが何だろうが、忍び込んで勝手に洗濯とかありえないからな！」

一緒に暮らしているならともかく、別々に暮らしているのに洗濯とかありえない。

頼まれてもいないのに、しかも家主が寝ている間にするとか、普通ならドン引きレベルである。

「お前な、お前が帰るまで俺が寝ていたらどうするんだよ？　本人が知らない間に、誰かに勝手に洗濯されていた俺は、いったいどう思うとお前は思うんだ？」

「メイドさんありがとうって思うのではないでしょうか？」

「……絶対思わねえよ」

凛音の家ってメイドさんがいるのか。

「一般家庭にメイドさんはいない」

「あ、言われてみれば！」

はっとした表情になる凛音。

お前も引っ越してから会っていなかっただろ………いや、一人暮らしをするようになってまだ日が浅いので、そのあたりのことに気づかなかったのかもしれない。

生活環境が変わるのって、思ったよりも神経を使うし。

「お前だったって今回はわかったけど、知らない間にこういうことされるのって、何ていうか、すごく気持ち悪いぞ？」

「気持ち悪いのですか!?」

「ああ、考えてもみろよ。メイドさんもいないのに自分の知らない間に下着が洗濯されているんだぞ？　どこの誰だかわからない奴に、下着を好き勝手にされたとしたらお前はどう思う？」

「探して捕らえて銃殺します！」

「そうだろう？」

どうやらわかってもらえたようだ。

でも銃殺はさすがにやりすぎじゃないだろうか。

「それにしても、兄さんのためを思ってしたことなのに、全くの逆効果だったとは……」

凛音は下を向いて拳を握り締める。

ついでに俺のパンツも握り締めている。

ちゃんとそれも干してくれよ。

時折プルプルと震えるそんな実妹(じつまい)を無視して、俺は部屋の中に戻り、いそいそと制服に着替え始める。

朝っぱらからこんな事件がありはしたが今日は平日だ。普通に学校がある。

カーテンは開いているので見ようと思えば見れるだろうが、気にしない。

男の着替えなんて見ても面白いもんじゃないだろうし、密かに意識しているとはいえ、妹に見られたところで特に気にもならない。

「凛音、朝メシは食ったのか？　まだならお前のぶんも作るけど？」

「あ、はい。いただきます」

という返事が返ってきたので、朝食は二人ぶん作ることにした。

といっても学校があるので、時間がかからない簡単なものだが。

「冷蔵庫から麦茶と牛乳出してくれるか？　あ、ついでに卵とハムも」

「わかりました」

俺は凛音から卵とハムを受け取ると、油を軽く引いたフライパンの上でそれらを焼いた。

軽く火が通ったハムの上に卵が乗せられ、ジュジュユウという音と香りの合奏が聞こえてきて、半熟のハムエッグが完成していく。

完成したそれらを皿に移し、キッチンにあるテーブルに配置する。

テーブルにはすでに凛音が言われたとおりに麦茶と牛乳、そしてコップをセットしている。

俺は近所のスーパーで購入した一袋八十円の食パンを四枚取り出し、ハムエッグの乗った二つの皿に二枚ずつ乗せた。

「『いただきます』」

テーブルの上にあるマヨネーズを二枚のパンに塗り、塩&コショウで味付けしたハムエッグをその間に挟みこみ、大きな口をあけてかぶりついた。

うん、美味い。

半熟の柔らかい卵とマヨネーズ、そして塩&コショウが抜群に合う。

一気にそれを平らげ、俺は食後の飲み物を作る。牛乳と麦茶をブレンドした、一時期話題になった『なんちゃってコーヒー』だ。

牛乳と麦茶をブレンドすると、何故かはわからないけど、本当にコーヒーの味になるのだ。いや、本当に。

テレビでは牛乳と麦茶を半々の割合で割っていたが、俺は7：3で割っている。この割合だと牛乳の風味が強くなり、カフェラテっぽい味になり俺好みなのだ。

「あの、兄さん」

「うん？」

なんちゃってカフェラテを飲みつつ、スマホで何か面白い記事がないか巡回（流し読み）していると、急に凛音から声が上がった。

「実はですね、今日はお願いがあってお部屋にお邪魔したんです」

「お願い？」

「はい。その見返りに何か身の回りのことをと思い、あのようなことに及んだのです」

与えた印象はともかく——と、俺から目を逸らしつつ告げる凛音。

なるほど、そういうことだったのか。

「兄さん、わたしのお願い、聞いてもらってもよろしいでしょうか？」

「内容にもよるけど、まあ、聞くだけなら」

「ありがとうございます」

凛音は残ったなんちゃってカフェラテを一気に飲み干し、コップをテーブルに置いた。

口元が少し牛乳で汚れていたので、ナプキンで軽くぬぐってやる。唇が柔らかい。

「兄さんに今日のホームルームで、わたしに投票してほしいんです」

そう言い、凛音はずずいっと身体をこちらに乗り出してくる。

「わたしをクラス委員に選んでください」

☆

クラス委員——またの名を学級委員とも呼ばれる、そのクラスの代表のこと。
主な業務は委員会活動への出席や、そこで確定した情報をクラス全員に伝えるための資料作り。

そして、それを認知させる場であるホームルームでの司会進行および、忙しい先生に代わって様々な雑用という、端的に言って先生＆クラスメイトの小間使いである。

ある程度の内申点と引き換えに、放課後の自由な時間が潰（つぶ）されるという、ほとんどの生徒にとっての不人気役職、それがクラス委員。

クラス代表という名のパシリとも言うべきこの役職は、現在俺が一人で、（仮）として承（うけたまわ）っている。

そろそろ（仮）ではない、男女一人ずつからなる正規クラス委員を選出する時期だ。

なので、今日のホームルームで触れる可能性は非常に高いといえる。

「お前クラス委員になりたいのか？」

「はい。投票、お願いできますか？」

「いや……それは別に構わないけど。でも、何だってクラス委員なんかになりたいんだ？クラス委員って言えば聞こえはいいけど、ぶっちゃけパシリと変わらないし、内申点は微々たるものだし割に合わないぞ」

「だからです。そんな割に合わないことを、いつまでも兄さんだけにやらせておくわけにはいきません。ええ、いきませんとも！」

「お、おう……そうか…………？」

力説する凛音にどういう反応をしていいかわからず、思わず言葉に詰まってしまった。

凛音がクラス委員になりたいという理由はわかった。

でも、何と言って返したものだろう？

「え、と……凛音。お前の気持ちはわかった。でもな、そういう理由ならお前がわざわざクラス委員になる必要は別にな――」

「思えば兄さんは昔からそうでした。兄さんや本当のお父さんお母さんと一緒に暮らしていたころも、二人が亡くなって設施でみんなで暮らしていたころも、率先してみんながやりたがらないことを自分からやる人でした」

確かに凛音の言うとおり、よく自分から貧乏くじを引いた過去が俺にはある。

だけどそれは、単に俺が頼みごとを断るのが苦手だったからそうなっただけであって、別に優しいとかそういう理由じゃない。

凛音の言うように、自分から率先して引いたわけじゃない。

両親は妹の凛音よりも、先に生まれた兄である俺に何かを頼むことが多かったし、施設の先生はぶーたれながら仕事をする他の子どもよりも、黙々と頼まれごとをこなす俺に何かを頼むことが多かった。

そして俺はそれを断れなかった。文句のひとつも言わなかったため、凛音には自分から俺がやっていたように見えたのだろう。

ただ、少しだけ、ほんの少しだけ凛音の代わりにという気もあったけど。

だけど本当に少しだけだ。大まかには俺が断り下手だったというだけの話なのだが、どうやら我が愛しの実妹さまは、その事実をかなり美化してしまっているらしい。

「あえて自分から渦中に飛び込んでいく兄さん。そんな兄さんにわたしは、常に憧れを抱いていました。そしてその憧れは、兄さんと別れてからも常に胸の奥でくすぶり続け、いつしか…………キャッ♪」

そのことを思い出し、ずいぶんと盛り上がっている凛音さんである。

「そして兄さんは今回も身代わりになってくれました。クラスみんなの身代わりになって、割に合わないクラス委員の仕事を、文句も言わずにこなしてくれています」

「いや、今回は単にジャンケンで負けただけなんだけど」

「別に隠さなくても結構です。兄さんは昔からそういう人です。真実を隠して、自分の本心を隠して、まるで何でもないことのように振る舞い、誰かのために行動する。それがどんなに小さなことでも」

自分の本心を隠して――という凛音のセリフに少しドキッとした。

「そんな兄さんがわたしは大好きです」

「お、おう……ありがとう」

「ですが、そんな兄さんの優しさに、いつまでもおんぶにだっこしているのは心苦しいのです。兄さんの苦労を少しでも肩代わりして差し上げたいんです」

言葉をつむぐたびに、徐々に凛音の顔が近づいてくる。

こいつの顔を見るたびに思うんだけど、本当に俺と血が繋がっているのだろうか？

平凡な顔立ちの俺とは似ても似つかないレベルで整っていて、自然と鼓動が速くなる。

くそっ、まともに顔を見れないじゃないか。

「兄さん、改めてお願いします」

なるべく無表情を装い凛音の言葉を待つ。

「わたしとつきあってください！」

「クラス委員の話じゃなかったのか⁉」

「あ、すいません。間違えました。おんぶ、もしくはだっこしてください！」

「さっき心苦しいとか言っていなかったっけ⁉」

「それは精神的な意味でですよ。肉体的な意味だったらむしろいつでも大歓迎です」

「そんな考えは捨てなさい」

「そんな……兄妹なのに」

「兄妹だろうが何だろうが、俺たちは高校生なんだから、肉体的にそういうことをするのはおかしいだろう？」

「おかしくなんてありません。わたしが筆頭株主を務める会社の役員に聞いたら、みなさんきっとそう言います。絶対におかしいなんて言いません」

「そりゃ絶対言わないだろうな……」

筆頭株主は王様だからな。

誰だって筆頭株主の機嫌を損ね、降格なんてしたくない。

役員なんて立場になれば、給料だって相当にいいだろうしな。

「っていうか、クラス委員の話はどうしたんだ？」

「あ、そうでした。ついうっかり」

てへっ♪――と凛音が誤魔化(ごまか)すように微笑(ほほえ)み、仕切りなおし。

その笑顔に少しイラッときたので軽くデコピン。

「あふんっ♪」

いつもどおりのリアクションの後、ようやく話題が元に戻った。

「そういうわけなので兄さん、お願いします。今日のホームルーム、クラス委員を決める際には、ぜひともわたしに投票をお願いします」

「それは、別に構わないけど」

「やった♪」

「でも、凛音。お前が俺のフォローをするっていう理由でやりたいっていうなら、別にそんな必要は――」

「兄さんと務めるクラス委員……二人きりで放課後の教室…………初めての共同作業……………嗚呼(ああ)、夢が広がります♪」

「おーい、凛音(りんね)さーん？」

「はっ!?　もうこんな時間じゃないですか！　それでは兄さん、後片付けは帰宅後にして、早く学校に行きましょう！　今行きましょう！　すぐ行きましょう！」

「お、おい凛音、ちょっと話を……」

「話なら帰った後で聞きます！　少年老い易(やす)く学成り難し、時間は決して待ってはくれません。今その瞬間を大事に生きていくべきです！」

「いや、だからそのためにだな……」

「もう、兄さんののんびりやさん！　そんなのんびりやさんをいつまでも待ってはいられません！　申し訳ありませんがわたしは先に登校させていただきます！　ホームルームが待っていますので！」

「学校じゃないのか……って、凛音ー？　おーい」

そう一気にまくし立て、凛音は俺の部屋を飛び出すなり、同じフロアにある自分の部屋から鞄(かばん)を持ち出し、あっという間に見えなくなった。

☆

そして帰宅後。

「どういうことですか兄さん!?」

時刻は夜七時ちょっと前。

空と青葉を招き入れ、三人で軽く遊んだ直後のこと、俺が台所で四人分の夕飯の支度をし始めたところに息を切らした凛音が鬼気迫る表情で登場した。

相当汗をかいているところから、学校からここまで全力ダッシュしたものと思われる。

「どういうことって……どういうことだよ？」

「質問に質問で返さないでください！」

台所のテーブルをバンバンと叩く凛音。

俺に対する不服申し立てをよほどしたかったのか、髪の毛が乱れたままだ。

俺は一旦コンロの火を止め、洗面所でクシを手に取ると、乱れた凛音の髪を整える。

「あ、ありがとう、ございます……」

どんなに怒っていても、きちんとお礼が言える娘に育ってくれて嬉しい。

「ってこんなことをしている場合じゃありません！」

髪の乱れが直ると同時に言いたかったことを思い出したようで、凛音は俺のほうに向き直ると、ずずいっと顔を寄せる。

キスまで数センチの距離で、怒りをあらわにする凛音さんである。

「クラス委員になっちゃったじゃないですか！」

「…………よかったね？」

「全然よくありません！　だって…………」

凛音は拳を握り締めると、床に突き刺すように思いっきり伸ばした。

「だって！　兄さんはクラス委員辞めてるじゃないですか！」


凛音の予想通り、本日俺のクラスのホームルームでクラス委員を決める話し合いが行われた。

選定方法は立候補&他薦によってしぼられた男女から一名ずつ投票で選ぶというもの。

これにより女子のクラス委員は希望通り凛音に。

そして男子のクラス委員は…………俺じゃないほかの男子に決まった。

加納くんという、下手なアイドルよりも遥かにイケメンなくせに性格がよく、勉強もスポーツもできるという、絵に描いたような完璧超人である。

「どうして……どうして兄さんが男子のクラス委員じゃないんですか!?」

「クラス委員（仮）だったからな」

クラス委員（仮）は正規クラス委員にならなくていい。

このことは俺が就任する際、担任の佐藤先生に言われていた。

もちろんやる気があるならなってもいいとは言われていたが、当然そんな気はさらさらないので立候補はしなかった。

その結果、俺を抜かしたクラスメイトの中で選挙が行われ、このような結果に落ち着いたというわけだ。

「何で……何で兄さんが男子クラス委員じゃないのですか……。どうして加納くんなのですか……。いや、それよりもどうして教えてくれなかったのですか⁉」

「教えようとしたけど、お前全然聞こうとしなかったじゃないか」

「ああっ⁉　今朝のわたしのバカっ！」

頭を抱えて凛音が崩れ落ちた。

「兄さんと一緒じゃないなんて……これじゃあ何のためにわざわざ女子クラス委員になったのかわからないです…………」

「そのセリフ、ほかの女子が聞いたら多分キレるんじゃないかな」

加納くんが候補に挙がった瞬間、女子の目の色が変わったからな。

「そう落ち込むなって。たった四ヶ月の辛抱だろう？」

「その四ヶ月が、わたしにとっては千年にも等しい苦行の時間なのです。……我慢などできるわけないでしょう？」

「苦行って、確かに放課後残って作業するのは面倒くさいけど、二人でやればそんなにかからないぞ？」

「時間は問題じゃありません！　兄さんと一緒に過ごせないことが問題なのです！　他の男子と二人きりになるのが問題なのです！　兄さんはわたしが加納くんと二人きりでもいいというのですか⁉」

「あ、うん。別にいいけど？」

二人きりだからって、何かあるわけじゃないだろうし。

それに加納くん、彼女いるだろうし。

前にめっちゃかわいい子と歩いているのを見かけたからな。

「そ、そんな……あんまりです…………」

俺の答えがショックだったのか、凛音は床に両手をつくと、次第に身体を支えきれなくなり、ぐだ～～っと崩れ落ちた。

指でツンツンつついても、ウンともスンとも言わない。

完全に無反応だ。

「……仕方ないな」

俺は凛音に聞こえるようにそう呟き、夕飯の支度を再開する。

そしてそのまま五分……十分…………。

「どうして構ってくれないのですか!?」

「うわっ!?　びっくりした!?」

凛音を放置して十五分くらいしたころだろうか。

夕飯の準備を終え、続いて風呂の掃除をしていた俺の背中に、そんな声が突然投げかけられた。

持っていた風呂用スポンジを思わず落としてしまう。

「ショックを受けて倒れたんですよ!?　もっとわたしに構ってください！」

「そうしたいのは山々だけど、風呂の掃除があったからな」

「もう！　兄さんはわたしとお風呂掃除とどっちが大事なのですか!?」

「そんなのお前に決まっているだろ」

「あ…………そ、そう……それならいいんです…………」

俺の答えが予想に反していたのか、凛音の態度が一気にしおらしくなった。

赤くなって下を向き、指と指をくるくると回してもじもじしている。

俺の実妹（じつまい）がとてもかわいい。

「じゃ、じゃあ兄さんはどうしてわたしを……その……放置してお掃除を？」

「いちいち構っていたらやることが終わらないから」

「ひどいっ!?」

凛音がそう言って非難した。

いや、別にひどくはないと思う。

一人暮らしをしていれば、最低限やらなければいけないことはそれなりにある。

それをおろそかにしてしまうと、いざという時にひどい目にあう。

そのことを俺はこの間（具体的に言うと誕生日の少し前）学んだ。

なので、あれ以来掃除や洗濯はきちんとすることにしている。

「ひどいっ！　兄さんひどいですっ！　鬼畜ですっ！　兄さんのために役立とうとして失敗したわたしを慰めず、そのまま放置するなんて外道ですっ！　乙女を傷つけた責任を取るべきですっ！」

「責任取れって言われてもな。ぶっちゃけ自業自得としか……」

「責任！　責任取ってください！　せーきーにーんーっ！」

「あーもう、しつこいな！」

「SE、KI、NI、N！　SE、KI、NI、N！」

「わかった！　わかったからもう静かにしてくれ！」

　これ以上、アイドルのコンサートで盛り上がるファンみたいな声を上げられてはかなわない。

「望みどおり責任を取ってやる」

「やった！　兄さん大好きですっ！」

「ただし常識の範囲内、あと、俺ができることだけだぞ」

「わかりました！」

　そう言うと、目を輝かせた凛音は自分の前でグッと両こぶしを握り締めて望みを口にする。

「それでは兄さん、責任を取ってわたしと婚約してくださいっ！」

「常識の範囲内って言っただろうが！」

　色んな意味で常識の範囲内に収まっていない。

　やはりコイツは常識という言葉を一度ググったほうがいい。

　脳みそから常識という言葉が完全に抜け落ちていやがる。

「どこの世界に情報伝達ミスの責任を取るため、自分の一生を捧げるバカがいる!?」

「はいっ！　ここにいますっ！　わたしが逆の立場ならば、ミスの責任を取ってお嫁さんになりますっ！」

「それお前がなりたいだけだろうが！（ピシャッ！）」

「ひゃんっ♪」

風呂掃除で濡れている手を振り、水滴でツッコミを入れる。

「それに実の兄妹で婚約とか無理だからな!?　法律上無理って前に言ったぞ!?」

「その法律も変えられるとわたしも前に言いました。星延グループの力を使えば、二親等内での結婚の実現など造作もないことです。ふふ、兄さんと婚約の実現……嬉しすぎて歌でも歌いたくなってきちゃいました。『わたしはセレブお嬢育ち♪　義父に溺愛されて育ち♪　偉そうな奴は大体トモダチ♪』」

「ワルそうな奴の次元が違う!?」

街の不良のレベルじゃない!?

「っていうか、何でラップなんだよ？　お嬢育ちなのに」

「あれ？　兄さん知らないのですか？　最近セレブの間でファンドラップが流行っているのですよ？」

「凛音……お前の兄として一つ言っておきたいことがある」

「はい、何でしょう？　プロポーズの言葉なら喜んで頂戴しますけど？」

「ファンドラップは音楽じゃないぞ？」

「…………………………………」

あ、止まった。

ちなみに、ファンドラップとは堅実な資産運用のことだ。

間違ってもセレブの間で流行っている音楽じゃない。

「凛音(りんね)？」

「や、やだなー、もう、兄さんたら。そ、そんなこと当然知ってますよ！　ちょっとした冗談に決まってるじゃないですか！」

「凛音、そのセリフ俺の目を見て言えるか？」

「………………………（さっ）」

決して俺と目を合わせようとしない凛音さんである。

「ファ、ファンドラップの話はここまでにしましょう！」

えふんっ……と咳払いをして凛音が話を切った。

よほど恥ずかしかったのか顔色は真っ赤だ。

「そ。そういうわけですから兄さん、わたしのオトモダチに頼んで法律を変えますので、わたしと婚約していただけないでしょうか？」

「するわけないって言っただろ。もっと常識的なことを言えよ」

「わかりました。じゃあお詫びのキスをひとつお願いします」

「絶対お願いされません。っていうか、それ『条約』に抵触するんじゃないのか？　お前らが持ち出してきた『兄妹和親条約』に」

「…………………………………………………………チッ」

あ、今こいつ舌打ちしたよ。

明らかに望むかたちでの条約破棄狙っていたよ。

「……………………………………（じーっ）」

「……………………………………（さっ）」

あ、目をそらした。

「ん、んんっ！　そ、そうですね、キスは『条約』があるからダメですね！」

「腹黒さを隠す方向に動いたか」

「は、腹黒くなんてありませんっ！　ちょっと忘れていただけです！」

「わかったわかった」

「本当にわかったのですか？　……………まあいいです」

凜音は疑いの視線を送ってきたが、それ以上追及はしなかった。

早いところこの話題を流したかったに違いない。

「それじゃあ兄さん、改めてお願いします。わたしとお風呂に入ってください」

「さっきより要求上がってるじゃねえか！」

「ならば、今晩泊まらせてください！」

「露出は減ったけど要求は上がったぞ！」

「それならわたしを抱きしめてください！」

「うーん、それくらいなら……」

「あ、やっぱり今のナシで」

オーケーしようとした矢先、本人が要求を撤回した。

悩んでいるところをみると、おそらく要求が通る境界線を探っているものと思われる。

「婚約はＮＧ……キスもダメ……風呂も同様…………ハグはＯＫ…………よし、決まりました」

「そうか。で、どうするんだ？」

俺がそう促すと、凛音は「では……」と一拍置き、自分の要求を口にする。

「実はですね兄さん、わたし兄さんと一緒に行きたいところがあるんですよ」

「そこに一緒に行ってほしいってことか？」

「はい、お願いできますか？」

「結婚式場とかじゃなければな。あと外国とか」

「大丈夫です。近場ですし」

なら別に構わない。

俺は二つ返事で了承する。

「ありがとうございます。来月スケジュールが空きますので、その時にどうかよろしくお願いします」

というわけで、来月凛音と出かけることになった。

行き先は不明だけど、近場でまともなところらしいので、その日を楽しみにしておこうと思う。

棒と玉

「遊びに行こう?」

休日の午後、昼食後の食休みを終えた俺の部屋のチャイムが鳴った。

玄関のドアを開けて相手を確認すると、相手は空(そら)。

どうやら相当ヒマだったらしく、俺を誘いにやってきたらしい。

「…………いいけど」

特に用事もないし断る理由もない。

「で、何して遊ぶんだ?」

「…………考えてなかった」

とりあえず外で何かしたかっただけのようだ。

俺たちの住む海老名(えびな)市は再開発済みのニュータウンなので、駅前に行けばたいていの遊び——カラオケにボーリング、ビリヤードにテニス、バスケに映画など——若者が遊ぶ場所は一通り揃(そろ)っているので、選択肢が豊富にある。

「多すぎて選べない。彗(さとる)が決めて」

「じゃあ映画とかどうだ?」

「ん、わかった。それでいい」

　俺の提案を空が了承する。

「凛音と青葉はどうする？　誘ってみるか？」

「その必要はない。誘ったけど留守だった」

「あ、そう」

「凛音は実家に呼ばれた、青葉はバイトらしい」

「ふうん」

　まあ、そういう日もあるだろう。

　それぞれの都合もあるだろうし。

「彗、先行ってて。着替えてくる」

「一緒に行かないのか？」

「女は色々準備に時間がかかる。それに、待ち合わせのほうがデートっぽくていい」

「デートじゃないだろ。妹と出かけるだけだ」

「彗、人はそれをデートという」

　そう言って空はくるりと背を向けると、自分の部屋に戻って行った。

☆

というわけで、俺は現在一人で駅前にいる。

駅ではオープンスペースを利用した何かのイベント——どうやら新人アイドルの握手会をやっているらしく、やたらと人通りが多い。

人ごみにもまれて悦に入る趣味はないので、俺はさっさとそこを抜け、近くのファミレスに入り、本を読みつつ時間をつぶした。

「ん、そろそろかな？」

時間を確認すると時刻はもう午後二時過ぎだ。

空との待ち合わせは映画館の入り口前で二時十五分なので、そろそろ移動したほうがいいだろう。

俺は席を立ち、清算。近くにある映画館へと向かった。

時刻は二時十分。かねての約束どおり、待ち合わせ場所にはすでに空が。

髪型はいつもと違う、きちんと梳かれたサイドテール。

淡いブルーのワンピースに空の銀髪がよくマッチしていて、まさに『おでかけモード』といった印象。

とても平日、俺の部屋に来るなりネコのようにゴロゴロしている女子と一緒だとは思えない。

そんないつもと違う空は――、

「……………………………」

なんかすっごい困ってた。

他の入場者に紛れていて状況がわかりづらいが、どうやら空は絡まれているらしい。

だとすればナンパか――とも思ったがこれも違うようだ。

絡んでいるのは男だが、年は俺や空よりも十くらい上の二十代半ばから後半くらいの男性で、手にカードのようなものを持って必死に空を拝み倒している。

近くでイベントをやっているので、おそらく芸能関係者かティーンズ向けの雑誌編集者じゃないかと思われる。

「……………またか」

日本人離れした容姿を持つ空にとって、この手の勧誘は珍しいことじゃない。

俺は中学時代からわりと見慣れたその光景を確認して小さく嘆息（たんそく）し、気合を入れなおしてから二人の間に割り込んだ。

「悪いな空、待たせた」

「……彗（さとる）？」

突然の俺の割り込みに思考が追いつかずキョトンとしている空だったが、助けが入ったことがわかるとすぐに安心したような表情になった。

一方、空に絡んでいた男のほうはまだ状況がよくわかっていないようで呆然としている。

今のうちだ。

「走るぞ！」

「……うん！」

俺はガッチリと空の手を握ると、人ごみが途切れたほうへと走り始めた。

するとようやく状況を理解できたのか、

「あ——おいキミ！　ちょっと！」

「彼氏が来たので！」

ちょっと待って——と、男は手を伸ばし空を呼び止めるが時すでに遅し。

俺と空はすでに人ごみの向こう側へと移動している。

そして、さらにそこから二人でダッシュ。映画館の前からダダダダダダッ——と逃走し、
絡んでいた男を完全に引き離した。

もう追っては来ない。

「おい、もう大丈夫みたいだぞ」

「…………ん。……ふぅ」

逃走成功したのを確認し、胸を撫で下ろす空。

「ありがとう彗。助かった」

「どういたしまして。そんなことより空、俺はお前の兄であって彼氏じゃないわけだが」

「…………あの場面ではあれが最適だった。逃げた上に待ち人がいると思えば、そうそう追ってはこないはず」

「だったら友達でいいじゃないか。っていうか正直に兄でもいいだろ」

「わたしと彗では容姿が違いすぎる。兄というのは説得力が薄い」

「じゃあ友達で」

「友達よりも彼氏のほうが特別。邪魔できない感がより強いから使った」

「空、俺は正直なお前が好きだな」

「本当は夫と言いたかった。子ども一人いる若奥様設定でいきたかった」

「まさかのワンランク上の答えが!?」

って、それは設定に無理がありすぎるだろう。

「……彼氏にしてくれてありがとう」

「どういたしまして」

しれっと空はそう言うと、自分の逃げてきた方向に視線を送る。

「映画、いけなくなった」

「多分、まだいるだろうしなあ」

ああいう職種の人って粘り強いイメージがある。

今戻るのは、捕まるリスクが高いので得策じゃない。

「仕方ない。映画は諦めて別のことをしよう」

外で何かするのが目的だったので、別に映画じゃなくてもいい。

「空、何かやりたいことあるか？」

「考える。少し待って」

「はいよ」

とりあえず適当にブラつきながら考えることになった。

本日の危険地帯である映画館の周囲を避け、駅の周辺を大回りで歩く。

「なあ空」

「うん？」

「前から思ってたんだけどさ、ああいうスカウトに声をかけられるってことは、かわいいって認められてるようなもんだし、普通女子の憧れだよな？」

何となくだがそういうイメージがある。

去年、俺と一緒のクラスだった女子がそういう雑誌に載った時があり、その時は女子が「いいなー」とか「羨ましい」とか言ってワイワイ盛り上がっていた。

「やってみようとか思わないのか？」

「全然思わない」

間髪入れずに空が答えた。

「興味も？」

「全然ない」

「どうしてだ？」

「アクセサリーになりたくないから」

はき捨てるように空が言う。

「彗は知ってるはず。この見た目のせいで、わたしが昔どんな目にあっていたのか」

「まあ、なあ……」

俺が舞並家に引き取られた、小学校高学年当時――空は学校でイジメられていた。

原因は、日本人らしくないこの見た目だ。思春期を過ぎた今では絶賛される、飛びぬけたこの義妹の容姿だが、当時は邪魔以外の何物でもなかった。

自分たちと全然違う容姿を持つ空は、同じクラスの子どもたちに仲間として受け入れてもらえなかったのだ。

男子にも女子にも味方がおらず、教師は典型的なリーマン教師で見て見ぬフリ。

イジメという不祥事を起こしたくない事なかれ主義で庇ってもくれず、両親が抗議しても「イジメはありません」の一点張りで話も聞いてくれない。

毎日毎日、泣いて帰宅する空の身体を、泣き止むまで励ましてやっていたのだから覚えていないわけがない。

人と違う容姿をもって生まれたために、人ではない扱いを受けていたことを。何も悪くないのに浴びせられる心ない言葉に、どれだけ心が傷ついたかを。

俺は知っているし、覚えている。

「ならわかるはず。絶対にやりたくないわたしの気持ちが」

空の声に力がこもった。

当時を思い出し、明らかに怒気をはらみ始めている。

「もしもわたしが雑誌に載ったり、芸能界に入ったりすれば、絶対擦り寄ってくる奴らが出てくる。わたしの見た目と肩書きしか見ない、昔わたしをイジメた奴らみたいに、わたしを人間と見ない奴らが近づいてくる…………ふざけないで。わたしは人間。そんな奴らのアクセサリーじゃない」

「空……」

「だからわたしはやりたくない。そんな、見た目と肩書きだけで寄ってくる、わたしの中身を見ない人間に近づいて欲しくない」

はっきりとした拒絶を口にし、空が俺の前に回りこむ。

「やりたくないし興味もない。わたしが興味あるのは彗の気持ちだけ。今も昔も、わたしは彗がいてくれればいい」

「お、おう……そうか」

「泣いているわたしを優しく励ましてくれた、優しい彗がわたしは好き。……あの頃からずっと」

　空の不意打ち気味の告白に、思わず胸が高鳴った。

　空の気持ちは誕生日のアレで知ってはいるが、こうもストレートに言われてしまうと、事前に知っていても心の柱を揺さぶられてしまう。

　妹とはつきあえない——その芯ともいうべき心の柱をグラグラと揺らされたことを悟られないよう、細心の注意を払いながら会話を続ける。

「だから、他の相手なんて考えられない。信用できないから。わたしが信用するのは、家族以外だと凛音(りんね)と青葉(あおば)だけ」

「凛音と青葉は信用できるのか？」

「うん、二人のことは好き。信用できる」

　二人とも人を見た目で判断しないから——と空。

　そういえば初めて顔合わせしたときも、特に空を見て驚いたりしなかったな。

「正直なところ、二人なら、わたしと彗が結婚してもそばにいていいと思ってる」

「兄妹(きょうだい)で結婚とかしないからな。……それはそれとして、同居を許せるレベルなのか」

「一回くらいなら彗と浮気しても許せる自信がある」

「二人にはずいぶんと寛容だな⁉」

「あ、だけどさすがに隠し子はダメ。……でも、人工授精だったら考えてもいい」

「お前、凛音と青葉大好きすぎるな！」

普通人工受精でも許さないぞ。

「……ゴホン」

俺は軽く咳払いをして話の流れを修正する。

「で、これからどうする？　脱線している間にやりたいことは決まったのか？」

「まだ決まってない…………あ」

空の視線がピタリと止まり、少し離れた場所にある建物を指差す。

体育館みたいな形のその建物の入り口には、長い棒と二つの玉のオブジェが並んでいる。

断っておくが、別にエッチな店じゃないぞ。

あそこは健全な汗を流すことのできるスポーツ施設だ。

「アレでいい。わたし、アレ好き」

俺に反対する理由はない。

と、いうわけで。

俺と空は映画をやめて、急遽ビリヤードをすることにした。

☆

俺たちが向かったビリヤード場『デリンジャー』は、海老名駅の中心から少し離れたところにある、カマボコ形の屋根が特徴的な、体育館のような大きな店だ。

ビリヤードはそこまでスペースを取らない室内競技なので、店を開くにしてもそんな大きさは必要ない。普通は雑居ビルの中などにある。

なのに、何故こんなに大きな体育館のような建物を丸々一棟使っているのかというと、俺たち思春期男子にはとても嬉しいと思われる、五十メートルプールが中にあるからに他ならない。

何でも、店長がプールバー（飲食のできるビリヤード場のこと）を作ろうとしたら、建設業者がプールのあるバーと勘違いしてこうなってしまったらしい。

いかに現代社会における情報伝達の正確さが大事なのかが伝わってくる話だ。

でも、水着目当ての男性客のおかげで二号店の計画まで出ているので、こうなってよかったのかもしれない。

まさに、禍を転じて福となす——ってヤツだ。

「いらっしゃいませ」

俺と空が自動ドアを抜けると、受付カウンターの向こう側にいる、女子大生っぽいアルバイトが深々とお辞儀をした。

『デリンジャー』は一階と二階がビリヤード場で三階がレストランという構成になっており、そのうちの一階部分は丸々温水プール。

バシャバシャと水をかけあうカップルがいる傍ら、海パン一丁の男たちがプールサイドでキュー（ビリヤードで使う棒のこと）を握り、球を打ち抜くシュールな光景を見ることができる。

「二名様ですね。上になさいますか？　それとも下になさいますか？」

「上で」

「かしこまりました。上だと一名様一時間六百円となっておりますがよろしいですか？」

「はい」

ちなみに下（プールサイド）だと男だけ一時間千円である。

理由は……わかるよな？

「かしこまりました。それではこちらからお好きなキューをお選びください。お客様の台は十二番台となります」

俺と空はキューを選び、階段を上って二階へ。

デパートの入り口のような大きな自動ドアを通り抜け、指定された台の場所に向かう。

「さて、ルールはどうする？　エイトか？　それともナインか？」

「カットがいい」


カット――カットボールとは、ビリヤードにおける基本三人用のルールのことだ。

十五個あるボールのうち、1～5番、6～10番、11～15番の三グループに分け、三人のプレイヤーはそれぞれ自分の持ち球を決め、一番の球を頂点にラックを組んだら準備完了。ナインボールやエイトボールのようにブレイクショットでゲーム開始。

あとは球を六つあるポケットにガンガン落としていくだけだ。

ただし、落としていくのは敵の持ち球だけで、自分の持ち球は落としてはいけない。

つまり、カットボールは最後まで自分の持ち球を残した奴が勝ちという、紳士でオシャレなスポーツのイメージがあるビリヤードにおいて、超野性的な生き残りをかけたバトルロイヤルなのだ！


「カットって、アレ三人用だぞ？」

「わたし、アレが一番好き。すごく対戦っぽいし燃える」

直接相手ボールを叩き落としていくわけだし、確かにナインボールやエイトボールと比較すると、戦っている感がある感じがする。

三人用だけど三人でなくちゃいけないというわけでもないし、特に問題ない。

二人用に持ち球を十個に減らして勝負開始。

厳正なるジャンケンの結果、空が先攻で俺が後攻となった。

……相変わらず俺、ジャンケン超弱いな。

「いく」

並べられたボールから少し離れた位置に空が手球を置く。

両足を軽く開き、小さな身体を目いっぱい伸ばし、前傾姿勢でキューを構え、打つ。

「……あう」

残念ながら空のショットは一つもポケットインしなかったようだ。

ノーポケットはルール上ファウルとなり、手番が終わって入れ替わる。

「……はい、彗の番」

空と交代して台に立つ。

状況は普通だ。適度にバラけていて手球の位置も悪くない。

「さて、どっから落としていこうか」

俺は一つの持ち球に狙いを定めて構え、キューを思い切り突き出した。

☆

そして一進一退の攻防が続き、時間も終わりに近づいたころ。

「彗」

「うん？」

「そろそろ最後だし、次の勝負に何か賭けたい」

空がそんなことを言い出した。

「俺は別に良いけど、しかし何でまた？」

「何かを賭けたほうが燃えるし、楽しいから」

正論だ。勝負事は何かを賭けたほうが真剣さは増し、燃える。

もちろんやりすぎは良くないけれど。

「じゃあ何を賭ける？」

「敗者への命令権。勝者は敗者に一つだけ、何でも命令することができる」

「わかった。それでいいよ」

二つ返事で了承する。

「じゃあ俺が勝ったら空には勉強時間を増やしてもらおうかな。一日二時間。家に帰ってからキッチリ勉強をすること」

「そ、そんな……。彗、何て残酷なことを」

空が絶望の表情を見せた。

「ただ勉強しろって言っただけだろうが」

「わたしにとっては死刑宣告に等しい。……彗は悪魔の化身」

「俺が悪魔の化身なら、世の中のお父さんお母さんの九割は悪魔どころか邪神の化身になるだろうな」

二時間どころか、もっと子どもに勉強させるよう、ナチュラルに塾とか行かせているしな。

「……どうしてもそれじゃなきゃダメ？」

「ダメだ。お前の成績がヤバくなって、義父さん義母さんが強制一時帰国とかなったらどうするんだ？」

普段、この義妹は全然勉強とかしない。

去年は両親が一緒だったので言われればやっていたが、今は別の部屋で一人暮らしだ。

誰も監督する人間がいない環境にこの手の人間を置いたら、どうなるかはもう簡単に想像がつく。

なので、ここは無理にでも引き締めさせるべきだ。

「せめて、来月のテスト期間まででいいからやってくれ」

「…………………わかった。それでいい」

ぶっすぅ～と頬を膨らませて、渋々了承する空。

正直かわいいが、そのかわいさに騙されてはいけない。

「じゃあわたしが勝ったら勉強じゃなくて、その二時間を遊びに回させてもらう。毎日二時間、わたしと彗、二人でイチャイチャする時間を作る」

「休日だけ？」

「ううん、平日も」

「平日もって……お前、そんなに遊んでいたら勉強する時間なくなるぞ？」

平日、普段帰宅する時間は夕方五時で、それから妹たちが集まって好きなことして、夕飯を一緒に食べて帰るのが大体夜八時ちょっと前だ。曜日によっては一緒にテレビを視たりするので、十時くらいになることもある。

そこから二時間となると、もう、日をまたいでしまうことも出てくるだろう。

そうなると予習復習などする時間は当然のように、ない。

俺はテスト前に一夜漬け――というタイプではなく、普段からわりとコツコツやっていくタイプなのだ。

なので、空のお願いが通って平日も遊び倒すとなるとちょっと困る。

そう空に説明したが、

「問題ない。今の時代、学歴はそこまで重要じゃない」

と言って、空は全く取り合わない。

確かに空の言うことも一理あり、昔ほど学歴社会というわけじゃなくなってきてはいる。しかし、学歴社会ではなくなりつつあっても、将来の選択肢の幅を広げられるし、高い学力を持っていて損にはならない。

俺がそう説明すると、空はふっと微笑んで言う。

「わたしの進路希望は彗のお嫁さん一択。学力は必要ないから問題ない」

「超問題あるわ！」

学力とかそれ以前の問題だった。

「彗や子どもたちと過ごす幸せな生活。それこそがわたしの求める未来」

「俺は求めてないから諦めてくれるか⁉」

「仕事から帰ってきた彗を笑顔で迎え、ご飯とお風呂の二択を迫りたい」

「それ実質三択のやつだよな⁉」

「突然だけどシミュレート。彗、ご飯にする？　お風呂にする？　それとも……」

「そっから先は言わせねえよ⁉　とりあえずご飯で！」

「わかった。冷蔵庫に材料があるからそれで作って。もちろんわたしと子どものぶんも」

「仕事の後なのに俺が作るの⁉」

「わたし、旦那さまの帰りを笑顔で待ってるかわいいお嫁さんになりたい」

「かわいさで全てを誤魔化すな！」

せめて家事はやってくれ。

その後も説得を試みたけど、空の主張は変わらずそのまま勝負開始となった。

これは、空のためにも負けるわけにはいかない。

ジャンケンの結果、先攻後攻は相変わらずで、まずは空がブレイクショットということになったのだが、

「あ……」

残念ながら、初戦と同じくノーポケット。

どうやら神様も空に「もうちょい勉強しようZE☆」と言いたいらしい。

「はっはっは、残念だったな空」

俺はそう言い、他の球との距離と角度をキューで測る。

まずはどれを狙うべきか……よし、決まった。

狙いは3番。手球からは一番離れているが、手球とポケットの直線距離上にある。

角度をミスらなければインさせるのはそんなに難しくない。

両脚を適度に開き、前傾姿勢になり、構え——打つ！

「よしっ！」

角度と速度がドンピシャのショットだ。

予想通り俺の放った手球は空の3番に当たりポケットイン。

運がよかったのかそれだけでは終わらず、他の持ち球が狙いやすい場所で止まってくれた。

続けて俺はショットを放ち、空の持ち球を再び沈める。

「……むぅ」

二連続で持ち球を沈められ、空は不機嫌そうに頬を膨らませた。

そんな空を無視して、俺はさらに空の持ち球を一気に二つ沈め、空の球は残り一つとなった。

これはもう勝負は決まっただろう。

「じゃあ空、さっそく今日からしっかり勉強するんだぞ」

「…………………」

思いっきり空が睨んでくるが気にしない。

俺はトドメを指すべく、最後に残った空の持ち球に照準を合わせ、キューを突——。

「へっくち！」

「!?」

カスッ…………。

コロコロコロ…………。

「……………あの、空さん？」

「何？」

「あなたのくしゃみのせいで集中切れたのですが。しかもそのせいでファウルしちゃったんですが」

「そう、それは悪かった。でもわざとじゃない」

「ならもう一度やり直しても――」

「いいわけない。偉大なる日本人大リーガーイチローはこう言った。『ビリヤードは筋書きのないドラマだ』。故にこういうアクシデントもある」

「それ言ったの汪さんじゃなかったか!?」

いや、もしかすると長嶋さんだったかもしれない（後で調べたらどっちも違った）。

っていうか、ビリヤードじゃなくて野球だろそれ。

ビリヤード全然関係ないな！

「彗には運がなかった。それだけのこと」

空がほがらかに俺に微笑みかける。

慣れていない人間が見たら一発で恋に落ちるであろう威力を秘めているが、今の俺には悔しさしか浮かばない。

絶対わざとだよコレ……あのくしゃみ絶対わざとだよ……。

そうは思うが証拠などない。

仕方なく空に代わることにする。

「最後の最後に決められないなんて、やはり天はわたしに味方している」

空は上機嫌な調子のまま構えると、俺の持ち球をガシガシ落としていく。

まずは手近な6番、次に8番。少し遠いけど真っ直ぐ狙える10番と、狙いやすいものから確実に決めてポケットインさせる。

よほど勉強するのが嫌なのかミスショットはない。

まずい、このままでは。

早く何とかしないと………。

「あと、一つ」

何とかしようと考えているうちに、俺の持ち球も残り一つとなってしまった。

「これで、決める」

空の集中力が高まっていく。

このまま手をこまねき何もしなければ、ますます空が勉強しなくなってしまう。

だから――。

「行っ――」

「ウィックシ！」

「あ」

カスッ………。

コロコロコロ………。

「………………彗」

「何でしょう、空さん？」

「彗のくしゃみのせいで集中切れた。しかもそのせいでファウルした」

「そうか、そいつは悪かったよ。ごめんな。でもわざとじゃないんだ」

「嘘。あのくしゃみは絶対わざと」

「証拠はあるのか？」

「声が完全にドゥリフだった」

「俺はそうは思わないな。だってわざとじゃないし」

嘘です。わざとです。

「ウィックシ！」なんて掛け声普通には出ない。

「検証しようにも録音していないし証拠なんてないだろ？　さ、諦めてどいたどいた」

俺は空を押しのけて台の前に立った。

手球と空の持ち球の位置を確認して照準をつける。

よし、悪くない位置だ。

これで決め――。

——ズン！

「アッ————!?」

カスッ…………。

コロコロコロ…………。

俺のショットは完全にミスり、手球がコロコロ転がった。

「い、一体俺の身に何が……？」

手球を打とうとした瞬間、急に全身に衝撃が走って、気づいたら台に突っ伏していた。

それに何だか、尻に違和感が——。

「………………おい？」

「何？」

「空、お前…………………一体何してる？」

「わからない？」

わからないから聞いてるんだよ！

何でお前、自分のキューを俺の尻に!?

「イメージトレーニング。さっきのミスショットを反省して練習していた。彗のお尻に突き刺さったのは完全な事故。故意じゃない」

「嘘つけ！」

「本当。彗（さとる）には恋はしてるけど故意はしてない」

「言葉遊びでごまかすな！」

偶然で人の尻にキューが刺さるか！

どうやら我が愛する義妹（ぎまい）さまは、汚い手を使う気まんまんのようだ。

髪の毛と肌は白いくせに、腹の中は真っ黒である。

そんな腹黒い妹でも俺は愛せる自信はあるが、さすがに尻（これ）はどうかと思う。

よーし、上等だ。

そっちがその気ならこっちだってやらせてもらう。

俺は空（そら）に位置を明け渡し、さりげなく隣についた。

「幸運なアクシデントが続いたおかげで、またわたしの手番が来た。きっと日ごろの行いがいいおかげ」

日ごろの行いのいい人は、人の尻にキューはぶっ刺さないのではないだろうか。

この義妹、かわいい顔してやることがえげつない。


「これで終わ――」

「ふぅ～……」

「はにゃっっっっ!?」

カスッ…………。

コロコロコロ…………。

空のショットはまたしてもミスとなった。

「……彗、い、今何をした？」

「深呼吸かな」

空がかた耳をおさえながら、赤い顔で尋ねる。

「おやおや、どうしたんだ空？　耳なんかおさえて」

「さ、彗がやったくせに……」

「はて、何のことだ？　俺はちょっと疲れたから、呼吸を整えるために深呼吸をしただけなんだけどな」

その際、近くにいた空の耳に息がかかってしまったのは不幸な事故でしかない。

というのはもちろん大嘘(おおうそ)であって、超わざとなわけだけど。

「…………う～～」

空はかわいく唸(うな)るだけで、それ以上のことは言ってこなかった。

まあ、自分はそれ以上のことをやっているわけだしな。

「……彗の番」

「ああ」

空が場所を明け渡した。
さあ——本当の勝負はこれからだ。

勝負の結果。

俺と空はこのビリヤード場から一ヶ月の出入り禁止を食らうこととなった。

手番が変わるたびに発展していったお互いの妨害工作が、他の人の目に余るレベルになってしまったことが原因である。

「熱くなりすぎるのも考えもの」

「そうだな。冷静さを失うのはかえってよくない結果を生むな」

俺と空はスポーツにおける大事な何かを身をもって学んだ。

「でも」

「ん？」

「楽しかった」

どこかスッキリしたような声で言う空。

「彗は？」

「楽しかったに決まってるだろ」

人には言えないレベルの卑怯な駆け引き満載だが、そこまでしてこだわった勝負が楽しくないわけがない。

「次はみんなで来よう。出禁が解けたら」

そう言う空の顔はまるで子どものようで、全身からワクワク感がにじみ出ている。

昔は俺や家族以外の誰かと一緒に行動するどころか、同じ空気を吸うことさえストレスを感じていたというのに。

義妹の成長が感じられて、兄としてこんなにも嬉しいことはない。

「そうだな。そうするか」

俺は空にとっての凛音と青葉がいつまでもこういう、楽しさを与えてくれる存在であるよう祈りつつ家路についた。

なお、この一ヶ月後に行われた四人でのビリヤードはさらにエキサイトしてしまい、出禁解除したそばから再び食らってしまうわけだが、それは今は語らないでおこうと思う。

アルバイト

人は、長い人生において二つの重大な危機に直面することがある。

ひとつは財布の中に十分な金がなく、満足に物を買えないとき。

そしてもうひとつは、トイレの紙がなく尻がふけないときである。

この危機に俺が気づいたのは四月二十九日——四月最後の祝日である、昭和の日のことだった。

「……金がない」

俺が直面したのは前者（後者じゃなくてよかった！）。月末近くで財布の中身が寂しくなり、生活費の補充をしようとATM目的でコンビニに行ったら、あるはずの金が入金されていなかったのだ。

俺と空は現在マンションでそれぞれ別の部屋で一人暮らしをしており、そのために必要な金は今の親から月末近く、多くのサラリーマンの給料日である二十五日あたりに、兄妹用の口座に振り込まれる手はずとなっている。

生活費をここから引いて、残った金額を小遣いとして二等分しているわけだ。

だがしかし、二十九日となった本日、口座を確認してみるとその金が入金されていない。

どういうことなのか気になり、海外出張中の両親に連絡を取ったところ、返ってきたのは次のような答えだった。

『あと三日ほど待ってくれる？』

スカイプを使ったスマホ画面に映ったのは、俺を引き取り育ててくれた義理の父親……ではなく母親だった。

空を大人っぽくした銀髪翠瞳（すいがん）の美人さんだ。

『実はお父さんが会社の幹部研修で出張してていないのよ。このとおり、お父さん電話忘れて行っちゃったから、下ろしたお金のしまい場所が聞けなくて振り込めないの』

『嘘（うそ）だろ……』

桜舞い散る晴れた日の午前中、俺の運命も桜のように散った絶望的瞬間だった。

現在、財布の中身は二百円とちょっと。

小学校の遠足のおやつ代にも足りないこの金額で、成長期の高校生が学校に通いつつ（体育の授業アリ）あと三日どうやって暮らせと？

勉強と運動を頑張りつつ三日間の断食（だんじき）とか、学生にとっては苦行レベルの案件だぞ。

下手（へた）したら、僧侶でもないのに悟りを開いてしまうかもしれん。

『とにかくそういうわけだから。一応こっちでも探してみるけど期待はしないで』

『……わかった。それにしても社会人が電話忘れるなよな、父さん』

『本当にね。でも彗、これってお父さんの愛だと思わない？』

『え？』

『考えてもみなさい。ＩＴ革命後の情報化社会において、スマホなんていう個人情報のかたまりみたいなアイテムを堂々と、ロックもかけずに放置して家を空けたのよ？　浮気して外に別の女を囲っていたりしたら絶対にこんな真似できないでしょ？　これはもう、お父さんからわたしへの愛と信頼の証としか思えなくないかしら？』

『単にズボラなだけだと思うよ』

寝グセで頭ボサボサのまま会社行くしな、父さん。

空との血のつながりをメッチャ感じる。

『いいえ、彗や空みたいなお子ちゃまには、わたしとお父さんの間にある大人の愛がまだわからないだけよ。これは絶対お父さんからの愛のメッセージに間違いないわ。……まったくあの人ったら、素直に好きって言いなさいよね。こんな変化球な告白して、もう♪』

『相変わらず思い込みが激しいね、母さん』

『まあね、だてに空が産まれる前に想像妊娠を三回ほど経験していないわ』

『回数多いな！』

『それだけわたしがあの人を愛しているってことよ。……ところで彗、弟と妹どっちが欲しいかしら？　空にも聞いておいて』

『四回目始まってる⁉』

これ以上会話していると子ども的に聞きたくない話に発展しそうなので、速攻で通話を切った。

最終的にいらん話をされかけたけど、両親の仲がいいのはいいことだと思う。

「あと三日か…………どうするかなあ？」

先に述べたとおり、現在の俺の財布の中身は小学生以下である。

三日くらい我慢できないことはないが、成長期かつ学生の俺にはかなりつらいことになるのは間違いない。

それに、俺には空もいる。

俺だけなら我慢のしようもあるけど、空にまでその我慢を強いるのは気が進まない。

夕食だけはわりと頻繁に四人で食べているので、どうにかすれば取れるだろうが、朝&昼食べれないというのは……。

凛音に事情を話して金を借りるという手もあるにはあるけど、妹にたかるみたいですごく格好悪いので却下。俺のプライドが許さない。

どのみち家賃を待ってもらわなければならないので、格好悪いのは変わりないけど、せめて最小限に抑えたい。

「う～ん……………」

「見つけた！」

どうしたものか思案を巡らしていたが、突然の声に中断される。

視線を声のほうに送ってみると、マンションへと続く曲がり角のあたりから、似妹の青葉が息を切らして駆け寄ってきていた。

結構な時間俺を探していたのか、青葉の息はそこそこ上がっており、汗もうっすらと浮かんでいるのが見受けられる。

「はっ……はっ…………」

両手を両膝に置いて、身体を支えながら肩で息する青葉。

「どうした青葉？　そんなに息を切らして」

「お、お兄に、お願いがあって……」

「お願い？」

「うん」

呼吸が整ってきたのか、青葉は上体を起こして俺を見て両肩をがっちりと掴む。

「急遽バイトが足りなくなったんだ。わたしを助けると思って一緒に来てくれないかな？今日一日でいいから」

「任せておけ」

こうして俺はあと三日、自分と義妹を養う手段を得ることができたのである。

☆

「青葉……その…………いいかな？」

「う、うん……」

「よしわかった。それじゃ……イクぞ？」

「あ……ああっ!?　お、お兄、そこダメ………」

「ごめん青葉、その……なにぶん初めてだからわからなくて」

「気にしないで。……初めてのときはわからないものだし」

「そう言ってもらえると少しは気が楽になるよ。………それじゃもう一度」

「くうっ……あ、今度はいい感じ！　うん……すごく、いい！」

「そ、そうか、よかった」

「そこなら間違ってもこれが落下したりしないと思うよ」

といった会話をしながら青葉と仕事をしているここは、とある会社の冷蔵倉庫だ。

そう、俺と青葉は二人一組のペアとなり、冷蔵倉庫に搬入された商品の仕分け作業を行っている。

冷蔵倉庫内の室温は五℃～八℃ととても低く、慣れない俺には結構キツイ仕事ではあるが、泣き言を言うつもりはない。

何故なら、仕事内容がキツイだけあって給料がいい。

午後の一時から九時まで、休憩を一時間挟んで七時間働けば一万円——時給に換算すると千四百円超えとなるため、高校生のアルバイトとしては破格である。

それに、我が愛する似妹が泣き言どころか不満も漏らさず、せっせと働いているというのに、俺が言うわけにもいかないだろう。

「ごめんね、お兄。急にこんなこと頼んじゃって」

「いいっていいって。気にするなよ。めちゃめちゃタイムリーなお願いだったしさ」

「え？」

「い、いや……その……アレだ。ちょっと欲しいものがあって入り用になったからさ、丁度良かったんだよ。給料いいし」

「なんだ、そうだったんだ。それならわたしもお願いしたかいがあったかな」

どうやら誤魔化せたらしい。

大家の凛音は仕方ないにしても、青葉にまで金欠がバレるのは何か恥ずかしい。

「ああそうだ。日給一万円だけど、ここにあるモノを全部仕分けられたらイロをつけてくれるらしいよ」

「へえ、それはやる気がでるな……っと」

そう言いつつ、一面に敷き詰められた様々な商品が入った段ボール箱を持ち上げ、せっせと種別や期限ごとに俺たちは仕分ける。

辛い環境下での作業なので、適度に小休止を入れつつも、順調に消化していく俺たち。

初めは山のようにあった大量の商品も、青葉と徐々に慣れてきた俺の手により、残り三十分を切るころにはわずかとなった。

これなら、間違いなくノルマは達成できるだろう。

「よし、これでおしまい……と」

そして残り三分、最後の商品の仕分けが終わった。

となれば、あとは帰るだけだ。俺たちは冷蔵倉庫を出て、そこに隣接したロッカールームに入り着替え、さらにその隣の休憩所に入った。

冷蔵倉庫から漏れ出たわずかな冷気が、仕事で軽く火照（ほて）った身体に心地よい。

「お疲れさま」

「ん、お疲れ」

並んでベンチに座りお決まりの挨拶を交わし、お互いジュースで一服する。

疲れた身体にジュースの糖分が回っていくのを感じる。

その何ともいえない感じに、思わず「ほふぅ」と、疲れたかのような息が口から漏れた。

「どうしたのお兄？　なれない仕事で疲れた？」

「まあ、そんなところかな。肉体労働の経験はあるけど、思いのほかハードだった」

日給一万円＋アルファがなかったら倒れてたかもしれないな。

そんな大げさな——と知らない人は思うかもしれないが、マジでそんなレベルなのだ。

寒い中で延々と重い荷物を運ぶ作業というのは、思いのほか辛くてキツイ。

精神的な支えが何かなければ、間違いなく心がポッキリ折れる。

「ふ、何しろ今日来るはずのバイトくんが逃げ出しているからね」

「そういえばそうだったっけ。なあ、こういうのって時々あったりするのか？」

「うん、わりと頻繁に」

マジでか……いや、マジなんだろうな。

「冷蔵倉庫だから内部寒いし、そんな中作業するから体力削られるし、重いもの持つから腰痛めやすいし、食べ物扱っているから衛生のために外にトイレあるし、服に雑菌つくといけないから着替えないと外出られないし、メンドくさかったり辛かったりで、十人中七、八人は三日で辞めるね」

思っていたよりも深刻な雇用事情だった。

「わたしの友達も何人かやったけど、誰も二回目は来なかったよ」

「そんなキツい仕事をお前は毎日？」

「いや？　毎日じゃなくて毎週末かな。給料いいけどキツい仕事だから、さすがに毎日は無理だよ。学校もあるし」

「ああ、そりゃそうか」

「毎週土曜日か日曜日、どっちか都合つく日に出ているんだ。奨学金で通っていて家賃はそこから出しているし、日給一万円だから節約すれば、少しくらい遊ぶお金だってできる。結構わたしにとって都合が良いんだ、この仕事」

そういえばこの似妹、土日の昼間に会うことが今まであまりなかったような。

「それに、毎日働いていたら、お兄と一緒の時間を過ごせないでしょ？」

「お、おう。そうだな」

「せっかく再会できたんだから、一緒の時間を大事にしたいんだよね」

そんなことを言われたので、ちょっとつかえてしまっても仕方のないことだと思う。聞きようによっては告白されているようにもとれるしな。

いや、告白はもうされたか。

しかも三人に。

全員妹だけど。

「…………………………」

「お兄？　どうしたの？」

「……どうもしない」

一瞬、ほんの一瞬だけ、妹たちとのその後を想像してしまった。

「そう？　何か急に黙っちゃったけど？　わたし、何か変なこと言った？」

「言ってない！　それより青葉（あおば）、仕事は終わったんだしさっさと帰らないか？」

俺は想像したことをかき消すように勢いよく立ち上がると、外に繋がる唯一の出入り口である、休憩所のドアノブに手をかけた。

が、

「え……？」

手がドアノブで停止している。

押しても引いてもビクともしない。

「一体どうなっているんだ？」

「何かのアクシデントかな？」

どうやらそれっぽい。

原因は不明だが、何らかのアクシデントが原因で、一時的にドアの開閉ができなくなっているようだ。

「これじゃ帰れないな」

「そうだね。外に連絡しようにも、ここの壁って温度を保つためにすごく厚くなっているから、電波が外に届かないいし」

「非常用の連絡手段とかないのか？」

「そこの電話がそうだけど、今って九時ちょいすぎだし、たぶん事務の人ご飯行っちゃってると思う。少なくとも三十分くらいは帰ってこないよ」

一応確かめてはみたが、どうやら青葉の言うとおりのようだ。

電話で連絡を試みたが、誰も出る気配はない。

「はぁ……運が悪いな」

まさかバイト先で閉じ込められるとは。

でもまあ、たかだか三十分ほどのガマンだ。

青葉としゃべって時間を過ごそう。

そう思っていた俺に、さらなる不幸が訪れる。


――フッ。


「きゃっ!?」

「っ!?　……停電か？」

急に部屋の電気が落ち、突然の闇に覆われる。

しかし、すぐに非常用の電源に切り替わり、光はすぐに戻った。

品物優先のためか、休憩室に回される電気は必要最小限の、薄暗い緑の明かりだったが。

「……ことんついてないな」

今日はもう、まっすぐ帰って寝たほうがいいんじゃないだろうか？

幸いなことに、そんな薄暗い明かりでも何とか周囲の状況は確認できる。

とりあえず座って待とうと、かすかに見える椅子(いす)を目指して移動しようとしたのだが、

「おわっ!?」

ドンッ！　と、急に腰に衝撃が走り、思わず転んでしまいそうになる。

俺は何とかその場に踏ん張ると、その原因に視線をやる。

「青葉(あおば)、お前急に何を!?」

「こ、これは……その…………アレだよ」

俺の声にしどろもどろになりながら青葉が答える。

「ラ、ラグビーの練習、かな？」

「……こんな場所で？」

「こ、こんな場所だからだよ！　ほら、わたしって忙しいから！　人より使える時間が限られているから！　今度ラグビー部の助(すけ)っ人(と)を……頼まれてて…………」

「なるほど、それで時間を節約するためにタックルの練習を」

「そう、そのとおり！」

「うちの学校って、女子ラグビー部あったかな？」

「だ、男子のほうだから！」

「それが本当なら大問題だな……」

男子の運動部に女子が混じるとか、色々な意味で危険すぎる。

しかも部活がラグビー……。どさくさにまぎれて青葉にタックルしたり、ボールを抱えた胸に手を伸ばしたり、ルールを逆手にとってセクハラに及ぶ輩がいないとも限らない。

ここは青葉を守るためにどんな手を使ってでも何とかしなければならない。

愛する似妹を守るためならば、俺は裏工作に風説の流布など、ありとあらゆる手段を取ることさえ辞さないつもりだ。

それが真実なら。

「青葉」

「な、なに？」

「そんな嘘言わなくてもいい」

俺はそう言い、青葉を諭す。

そう、当然ながら青葉の言ったことは全て嘘も嘘、大嘘である。

そんなこと、常識で考えてあるわけない。

「お前、まだ暗いのダメだったんだな……」

「そ、そんなわけ、ないじゃないか！」

俺の指摘をムキになって否定する青葉さんである。

怖いなら怖いって素直に言えよ。

「わ、わたしが暗いのが怖い？　まったく、お兄は何を根拠にそんなことを言うんだか」

「声震えてるぞ」

「ふ、震えてない！　た、たとえそうだとしても、怖いからとは限らないでしょ！　わたしはもう大人の女。昔のわたしとは違うんだ！」

「青葉、俺は正直なお前が好きだな」

「ごめん、今の全部嘘。本当はメッチャ怖いです。できれば、このままの姿勢でいてくれるとすごく助かります」

「はいはい。だけどこのままだとぜんぜん動けないから手にしてくれな」

「……はい」

俺が手を差し伸べると、バツの悪そうな声を出して青葉が握った。

俺はそれを確認すると、椅子のある場所まで青葉を連れて行く。

「……ねえ、お兄」

「ん？」

「覚えてたの？　わたしが、暗いの怖いって」

「まあな」

「子どもの時のことなのによく覚えてたね」

「いや、覚えているっていうか、今思い出したんだけどな」

そう言った俺の脳裏によみがえるのは当時の記憶だ。

あれは確か小四の四月、俺と青葉が何かのイタズラが原因で、施設の先生におしおきされ、二人で暗い部屋へ閉じ込められた時のこと。

明かりは小窓から漏れる月光のみの、たたみ三畳ほどの小さな部屋。

そこに閉じ込められた青葉は、最初こそ「お化けなんか出てきたらオレがやっつけてやる！」と息巻いていたのだが、夜も更けるにつれ、しだいにその強がりも消えて、「お化け怖い……暗いの怖い……怖いよ…………助けて……」と、非常に女の子らしい一面を見せたのだ。

そんないつもと違う青葉が何かかわいかったので、手を握り安心させてやったような。

「……できれば忘れてて欲しかったよ」

恥ずかしそうな声を出す似妹がかわいい。

「そういえば」

「うん？」

当時のことを思い出し、ちょっと気になることが。

「そういえば、あのころの青葉って自分のことをオレって言ってたよな」

少なくとも、俺が施設を出るまでそうだった。

俺はそう記憶している。

今でこそグラドル系のむっちりボディを持つ我が愛しの似妹さまだが、当時はボーイッシュを通り越して完全に少年そのもの。ちっこくてすばしっこい、じっとしていることができないヤンチャなクソガキという表現がしっくりきていた。

男子に混じってサッカーとかやってても違和感なかったし、水泳で着るスクール水着も似合っていなかった。

見た目がいいため女子でも通るが、男子と言われたほうがしっくりくる、それが当時の青葉だった。

「どうして『わたし』に変えたんだ？」

時間つぶしのために、こんな質問を投げかけた。

どうしてもこうしても、青葉は女なわけだから、自然とそうなるのが普通である。

理由もクソもあったもんじゃない、明確な答えなど期待できない、どうでもいい質問。

そのつもりで聞いた俺だったが、青葉は意外にもこの質問に明確な答えを持っていた。

「そ、それは……」

「それは？」

「お兄に、女子として見られたかったから……」

「……え？」

「ほ、ほら、あのころのわたしって見た目も行動もまるっきり男子だったじゃないか」

「そうだな」

女としての特徴が一切見つからない。

「だから、お兄に女子として見られていないなーって思って。妹っていうより弟、ううん、もっと言うと気軽に付き合える男友達みたいな感覚で、女の子として見られていなかった。それが、嫌だったんだ。わたし……お兄のこと好きだったから。いつも一緒に遊んでくれて、辛いときには励ましてくれる、そんなお兄が大好きだったから」

「…………………」

何も、言えない。

暗いところで二人きり。

誰も邪魔が入らないこの状況でこんな話をされたら、言葉なんて出るわけない。

「だから、再会したらちゃんと女子として見られるように、必死に一人称を直したんだ。あ、それだけじゃないよ。見た目にも気を使うようになったし、料理だってできるようになったんだからね」

知ってる。

夕飯は頻繁に四人で食べるため、青葉の料理を口にする機会は多い。

ちなみにとても美味しい。

「ま、そうまで頑張っても、お兄には女として見られていないわけだけど」

弟じゃなくなったからよしとするかな——と、小さく笑う青葉の声が聞こえた。

ちなみに俺は、笑っていない。

どうリアクションをしたものか、わからない。

「あ、電気ついた」

パッと、突然部屋が明るくなった。

時刻を見ると九時半すぎ。

閉じ込められてからいつの間にか、三十分あまりが経過していたようだ。

「ん、もうドアも開くみたいだよ」

ドアノブもしっかり最後まで回り、密室状態が解除されている。

「さ、帰ろう、お兄」

そう言って青葉が手を引っ張る。

俺は青葉と帰宅する際、一切しゃべることができなかった。

状況整理

困った。

毎日のように行われる妹たちの不法侵入が——じゃない。

アレは、なんかもう……すでに諦めている。

困ったのはそれじゃなくて、妹たちが俺を好きになった理由だ。

凛音(りんね)、空(そら)、青葉(あおば)、あいつら三人が三人とも、俺を異性として意識するに至った理由がちゃんと存在していたことに俺は今とても困っている。

考えてみてほしい。

好きになった理由があるのとないのとでは、どちらが諦めてもらいやすいか？

人を好きになるのに理由はいらない——というどこの誰が言ったのかは知らないけれど、かなり有名なこの言葉が示すとおり、人という生き物は、特に理由がなくても誰かを好きになってしまう生き物なのだ。

たまたま家が隣だったから。

席が近かったから。

駅ですれ違ったから。

そんな特に理由らしい理由もなく、人は誰かを好きになれる。

だけどこういった多くの場合はその恋に対し、執着が弱い傾向が強い。

それはそうだ。だって好きになった本人が、その原因となる理由がわからないほどのささいなこと、理由もなしに好きになったのだから。

故に、一度何かがきっかけになってしまえば……いや、きっかけなんてなくても自然と冷めてしまいやすい。

俺はてっきり三人ともこのパターンだと思っていた。

だけど違った。

凛音も空も青葉も、そうなる理由がちゃんとあったのだ。

こうなるともう、時間による恋心の自然消滅なんて狙えない。

兄妹和親条約の一年という期限をフルに使って、俺の気を引こうとしてくるに違いない。

妹とつきあうつもりのない、この俺に。

現状を望む、この俺に。

現状を変えようと。

「兄さん？　どうかしましたか？」

「……どうもしないよ」

「嘘、何か疲れたような顔していた」

「気のせいだって。ちょっと疲れているだけだよ」

「大丈夫お兄？　何なら少し横になったほうが……」

「ありがとな、青葉。でも本当に大丈夫だから」

妹たちの心配をよそに立ち上がると、俺は夕飯を作るために包丁を握る。

わずかな俺の変化にも気づいてくれる妹たちを、俺はこれから傷つけなければならない。

誰も選ばないというのはそういうことだ。

「…………………はぁ」

その事実を目の当たりにし、俺は小さなため息を漏らした。

俺の求める普通の関係への道のりは、思った以上に険しそうである。

リゾート

「温泉に行きましょう、兄さん！」

ある日の夕方部屋に戻ると、すでに不法侵入を済ませていた凛音がそんなことを言い出した。

今日は珍しく一人のようで、空や青葉の姿は見えない。

「温泉って、何でまた急に？」

「実は星延グループが、新たにリゾート施設を開くのですよ。ゴールデンウィーク中にオープンをするのでどうかと思いまして」

そう言いつつ、スッと凛音がテーブルの上に差し出したのは『癒しの宇宙、ホテル星延～このくつろぎ、異空間～』と書かれた一冊のパンフレット。

リゾートにしてはちょっと怖い謳い文句だ。

何だよ異空間って。

「う～ん、温泉ねえ」

俺はパンフレットを手に取りパラパラとめくる。

中には豪勢な食事と部屋のほか、施設内にあるレジャースペースや施設で入れる温泉の効能などが紹介されている。

「どうでしょう?」

「うん、行かない」

「ですよね。じゃあ早速手配をっててぇぇぇぇぇぇぇっ!?」

スマホのボタンを押そうとした凛音だったが、俺の返事を聞いた瞬間、大仰なしぐさで驚いた。

「ど、どどどどどどどうして⁉　どうしてなんですか兄さん⁉　高級リゾートですよ⁉　しかもあなたの愛する実妹からのお誘いですよ⁉　女子から誘うのってものすごく勇気がいることなのに⁉」

「……何で、兄を誘うのに勇気が必要になる？」

「それはわたしが兄さんを兄としてではなく、一人の男性として好きだからです！」

知っているでしょう——と凛音。

いや、知ってるけどさ。

「確かに、普通に誘うなら勇気はいりません。わたしと兄さんは実の夫婦ですから」

「兄妹の間違いだろう。訂正しなさい」

「しません。どうせいずれそうなりますし」

「そうなってたまるか！」

　これ以上この話題をツッコんでも時間の無駄なので話を戻す。

「で、いつもは平気なのに、何で今回は勇気がいるんだ？」

「今回は高級リゾート、つまりお泊まりです。好きな人をお泊まりに誘うとか、勇気を振り絞らなければできるわけありません。一線を越える勇気が必要なんです」

「そんな勇気は必要ない」

　死んだ俺たちの両親が泣くぞ。

「ふぅ、仕方ありません。一線を越えるのはとりあえず置いておいて」

「いや、置かずにどこかに廃棄しろって」

「どうして行かないのです？　兄さん、旅行とか嫌いなインドア派の人じゃないでしょう？」

　俺のツッコミを無視して凛音は話を進める。

「綺麗な部屋に美味しい料理、さらに色々遊べるアトラクションに加え、ゆったりくつろげる温泉リゾートの何が不満なんです？」

「いや、別に不満なんてないぞ？　それ以前の問題なだけで」

「それ以前の問題……はっ！　も、もしや兄さんは未成年の男女が外泊するなんてダメだとか思っていたりするのでしょうか？」

「思ってはいるけど、俺とお前は兄妹だから異性として見ていないし、特にそこは問題にしていない」

本当のことを言うと、全然異性として見ているのだが、それを言うとこいつがどう出るかわからないので言わない。

現状維持を揺るがす言葉は慎むべきだ。

ちなみにこの言葉を耳に入れまいと、凛音は両耳を手でふさいでいる。

「これだけの好条件が揃っているのに、どうして兄さんは行くと言ってはくれないのですか？」

「好条件すぎるのが問題なんだよ」

俺の答えに凛音は頭に「？」を浮かべた。

「良い部屋、美味い飯、金のかかったレジャー施設に温泉。一体いくらだってことだよ。少なくとも高校生が払える金額じゃないだろう？」

おそらく、高校生のアルバイト一か月分の給料と同等くらいだろう。

月給が一晩で吹っ飛ぶような場所に遊びになんて行けるわけがない。

生活費も振り込まれたし、アルバイトもしたしで金には余裕があるけど、そんなところで遊ぶ金はさすがにない。

「うちがやってる場所だから、お金なんていりませんよ？」

「それが余計に嫌なんだっての」

女性側に奢ってもらうのが嫌というわけではない。

問題はそこじゃなくて金額だ。ジュース一本とか、ゲームワンコインとかなら話はわかるが、高級リゾートを奢ってもらうとかさすがにない。

昔から『タダより高いものはない』という諺もある。低額ならばすぐに別の形で返すことができるとしても、高額になるとそれができない。

凛音は百パーセント善意で言っているのはわかっているのだが、高級リゾート（奢り）という単語からくるプレッシャーが半端ないのだ。

キャパシティを超えたタダは怖い。

「お前だって、引き取られる前は同じ施設にいたんだし、この感覚はわかるだろう？」

「ええ、まあ。確かにキャパシティを超えたタダほど怖いものはありません」

「そうだろうそうだろう」

「わたしも、何もないのにいきなり兄さんがデレて、『結婚しよう』とか言われたら何か裏があるものと疑ってしまうでしょうし」

「結婚しよう」

「はい！　喜んで！」

「全然疑っていないじゃねえか！（ズビシッ）」

「あふんっ♪」

せめて疑う素振りを見せろよ！

「兄さんがわたしを選び結婚してくれるとなれば、これはもう気合を入れないわけにはいきません！　ロイヤルスイートに予約を入れておきますね！」

「ツッコミが効かないだと!?――って入れるな！　嘘に決まっているだろう！　俺は妹を恋人にする気はないんだ！　こらっ！　ズィクシィを広げようとするんじゃない！」

「その発言はきっと嘘です。何か裏があるとみました」

「何でこっちを疑うんだ!?」

結婚を疑えや！

「結婚はさておき行きましょうよ兄さん。特にゴールデンウィークの予定とかないのでしょう？」

確かにないけど、そうストレートに言われるのも何かむかつく。

「うーん、でもなあ」

「なら、こういうのはどうです？」

なかなか首を縦に振らない俺に、凛音が新たな提案をもちかける。

「タダで遊ぶのが気がかりと言うのでしたら、お仕事として遊んでください」

「どういうことだ？」

「モニターですよ。兄さんはこのリゾート最初のお客様の中の一人として、施設やサービス、料理などに不満はないかチェックしてください」
　それならいいでしょう？――と、凛音。

「兄さんはタダでサービスを受けられるし、ホテル側は貴重な意見をもらえる。どちらも損をしないＷＩＮ＆ＷＩＮの関係です。こちら側の一方的な施しじゃないなら問題ないでしょう？」

「確かに問題ないけど、いいのかそんなんで？　俺、感想を言うだけなんだろう？」

「全然問題ありません。お客様の素直な感想は価千金の価値があります。何がよくて何がダメなのかを明確にしてくれる貴重なご意見、それを確実にもらえるのだから、むしろこちらが得しているくらいです」

「そうなのか？　そういえば昔どっかの旅館で、フロントとか部屋の隅にアンケート用紙があったりしたのを見た記憶があるな」

「確かにありますけど、ほとんどの人は書きません。遊びに来ているのにそんなものを書きたくないのでしょう」

「ああ、なるほど」

　確かにわざわざ休みを取ってゆっくりしに来ているのに、そんな仕事めいたことをしたがる人は少なそうだ。

　金を払って遊びに行くんだから、何もかも忘れてゆっくりしたいよな。

「オープン直後だと、そういう貴重なご意見の価値はさらに跳ね上がります。兄さんが行くとなれば、当然空ちゃんや青葉さんも来るので、わたしを含めて確実に四つはゲットできる。ホテル側としてはかなりの好条件なのです」

「ふむ……」

正直なところ、自分の意見にそこまでの価値があるとは思えないが、凛音の言い分も理解できる。

タダより怖いものはない——が、タダじゃないならそこまで怖くもないだろう。

「そういうことなら行ってもいいかな」

了承の意思を凛音に示す。

「やりましたっ！　ならば早速手配しますね！」

「待った。ただし、ロイヤルとかスイートとかじゃなくて普通の部屋な。あんま高い部屋は落ち着かないから」

「わかりました」

そんなこんなで、今年のゴールデンウィークの予定が急遽埋まり。

俺たちは凛音の誘いのもと、四人で旅行に行くこととなった。

☆

五月三日、旅行当日の天気は快晴。

俺は二日分の着替えの入ったリュックサックを背負い、待ち合わせ場所のマンションの駐車場へ。

駐車場にはすでに俺以外のメンバーが勢ぞろいをしており、俺が姿を見せると手を振って出迎えてくれた。

「あ、兄さん、こっちです」

本日の凛音の格好は白のサマードレスに白のミュールと、本の中からそのまま出てきたような正統派の夏のお嬢様ファッション。髪留めもいつもの『¥（えん）マーク』ではなく余所行（よそゆ）き用の『$（ドル）マーク』になっており新鮮味が感じられる。

その隣の空は黒のタンクトップに白のスカーチョ（スカートに見えるがガチョウパンツ）＆スニーカーの、動きやすさ重視のスポーティな格好。小柄なこともあって完全にスタイリッシュな印象にならず、どこかかわいらしい印象を受ける。

さらにその隣の青葉は意外にも白のキャミソール。幼少期のイメージ&学校でのボーイッシュイメージとはかけ離れた格好なのだが、こういう格好も似合っていると思う。

この格好で街に出れば、何人もの男が思わず振り返り、三人を二度見してしまうに違いない。

「さあ、行きましょう」

そう言うと、凛音が駐車場の一角に停められた送迎用のワゴン車に向かった。

「短い旅行ですが、よろしくお願いしますね」

凛音がワゴン車のドアに手をかけながらそう言う。

「こちらこそよろしく」

「こんな機会はめったにないし、わたしも少しハメをはずさせてもらおうかな」

「ハメを外すのはいいけど、やることはきっちりやるんだぞ？　純粋な遊びってわけでもないんだからな」

釘を刺しつつ最後に俺が乗り、車が走り出した。

車はそのまま海老名市を発ち、隣街である厚木市から高速道路へ。目的地のある静岡県へと一直線に向かう。

途中、車窓から海や富士山が見え、移動中の俺たちのテンションは急上昇。

これから始まる二日間のイベントに、俺と妹たちは胸を弾ませまくって——いたのだが。


「……おい」

「「「…………」」」

「おい！」

「…………………………………………………………………………あ？」

二度目の声かけでようやく一人——青葉が反応を示した。

凛音と空は反応を示さず、椅子と床に倒れたままだ。

顔を上げた青葉は顔面蒼白、まるで吸血鬼に血を吸われた乙女のような青ざめた顔をしている。

とても、数時間前はドキドキワクワクだった人間だとは思えない。

一体何がどうしたのか？

「大丈夫か青葉？」

「…………あんまり、大丈夫じゃや、ないかも」

「なら無理するな。……そうだ、水飲むか？」

「う、うん…………お兄、世話かけてごめん」

「気にするなよ。困ったときはお互い様だ」

俺は青葉の身体を抱え起こすと、ミネラルウォーターの入ったペットボトルを口に近づけ飲ませてやることにする。

「ほら」

「……んっ、…………んっ、んんっ……」

赤ん坊のように注ぎ口から水を飲む青葉。

その際、いくらか水がこぼれてしまい、青葉の胸を濡らしてしまう。

……あまり見ないようにしよう。こいつの身体は間違いなく毒だ。

下手なリアクションを取って本心を悟られてはまずい。

さりげなく顔を背ける紳士な俺である。

「それにしても、まさかお前ら全員乗り物酔いとは」

そうなのだ。

楽しい旅行的な雰囲気から一変、死屍累々の地獄巡りのような雰囲気になり、ドキドキワクワクがドキドキガクガクになってしまった原因は、妹たちの乗り物酔い。

走り出して一時間もしたころから徐々に会話が少なくなり、二時間もしたころには一言も発さなくなり、到着するころにはこんな感じだ。

ちなみに俺は何ともない。

流れる車窓から見える海や、富士山をしっかりと堪能させてもらっている。

「……こ、こんなに長時間、車に乗ることはなかったから」

「そうなのか？　小中学校の修学旅行は？」

「…………旅行費用の積み立てができなくて、行っていない」

「…………………ごめん」

それしか言葉が見つからねえ……。

「り、凛音ちゃんと空ちゃんの様子は……？」

「二人ともお前と同じくぶっ倒れている」

「大丈夫、なの？」

「大丈夫だろ、たぶん」

凛音と空は青葉のように、本来乗り物に弱い体質じゃない。

ではなぜこうなったのかと言えば、ゲームに夢中になったせいだ。

乗り物に乗っている最中にゲームとかやってれば、そりゃあ酔うに決まっている。

完全に自業自得である。

「…………ぎ、ぎぼぢわるいです」

「…………車の中でゲームは、ダメだった」

「当たり前だろ、バカ」

小学生でも知っている程度の常識だと思う。

「……うぅ、兄さんの前なのに吐きそうです」

「…………もう、ダメ」

「あぁっ!?　吐くならこの中に吐け！」

とっさに近くにあったエチケット袋を二人に渡す。

凛音と空は袋の口を開けその中に顔を半分ほど突っ込むと、美少女にあるまじき絵面を見せた。

妹たちがしばらくダメっぽかったのでしばらくその場で待機。

潮風に当たらせて気分を落ち着かせ、ようやく俺たちがリゾート地での第一歩を踏み出すころには、少しばかりの暗雲が出始めていた。

この旅行、ちょっと不安になってきている俺がいる。

水着タイム

「どうですか？　わたしが用意した部屋は？」

すっかり回復した凛音が、部屋のドアを開けるなりドヤ顔でそう言った。

自信を持ってそう言うだけあり、凛音が用意してくれた部屋は立派だった。部屋には居間に寝室があるほか、キッチンまでついているし、専用のバスルーム（当然温泉）までついている。

備え付けられたＴＶは一般家庭ではお目にかかれないほど大きく、リビングや寝室にあるソファやクッションは全てマシュマロみたいにふかふか。

何か高そうな観葉植物は置かれているし、木目の綺麗（きれい）なテーブルの上には、どこかで見たような高級ブランドの菓子まで置かれている。

……これは本当に普通の部屋なのだろうか？

スイートルームと言われても信じられるぞ。

こんな豪華な部屋を使うのは正直気が引ける。

「こ、こんな部屋、本当に使っていいの？」

そして俺以外にもそう思っている奴（やつ）が一人。

こういう場所に慣れていないのか、青葉の声が震えまくっている。

「はい、もちろん！」

「後で追加料金を請求されたりは……」

「あ、それわたしも思った」

「俺も」

「しません。この部屋は本当にスイートでもなんでもなく、ファミリー用の部屋です。それに、わたしがそんなことすると思っているのですか？　だいたい要求するならお金などではなく、兄さんの心を要求しますよ。兄さん、大好きです！」

「はいはい、俺も大好きだよ」

「あぁっ!?　軽く流されました!?　勇気を振り絞った告白なのに!?」

俺のリアクションの薄さにショックを受ける凛音を放置し、部屋の片隅にあったアンケート用紙とボールペンを手に取り、車と内装に◯をつける。

「ほら、お前たちも。忘れないうちに書いておいたほうがいいぞ」

そう言って建前上の仕事を促す。

ちなみに妹たちの感想は、全員部屋が『とてもよい』で、車が『とてもダメ』だった。

青葉はともかく、凛音と空は自業自得だろうが。

運転手さんが減給とかなったらどうするんだ。明らかに中学生の子どもとか二人くらいいそうな感じだったじゃねえか。

　進学とかでお金が大変な時期にさしかかってるだろうし、自爆の責任を押し付けるなよ。

　凛音と空に書き直させ、持ってきた荷物を整理し寝床を決める。

　リビングのソファを俺が、寝室を妹たちが使うことが決定し、俺たちは一緒に部屋を出る。

　行き先はもちろん、ホテルに隣接した温泉施設だ。

「一応聞くけど、男女別だよな？」

「何を言ってるのですか兄さん。日本のお風呂は古来から混浴と相場が決まっています。天下泰平の江戸時代、今とは違い家庭に風呂を持たない庶民たちの憩いの場である銭湯は男女一緒の混浴でした。お風呂とは男も女も関係なく、一緒の湯船に浸かって疲れを癒す紳士淑女の社交場です」

「お前こそ一体何を言っているんだ!?」

　江戸時代ならともかく、現代で混浴とかまずいだろうが。

　モラルに厳しい現代で混浴が許されるのは、人里離れた秘湯だけだぞ。

「俺、部屋でシャワー浴びるわ」

「おおっと、そうはさせませんよ！」

　部屋に戻ろうとした俺の腰に凛音がしがみつく。

「おい、放せよ凛音(りんね)！」

「いいえ、放しません。兄さんがわたしたちとお風呂に入ると言ってくれない限り絶対に放しません。ええ、放しませんとも」

「言うわけないだろバカ！　子どものころならともかく、思春期真(ま)っ只中(ただなか)の高校生なんだぞ俺たちは⁉」

「思春期真っ只中の高校生と言えども兄妹(きょうだい)じゃないですか。兄妹なら一緒にお風呂に入ることくらい、どうってことないでしょう？」

「どうってことあるわ！」

年頃の男女が混浴とかありえない。

「空(そら)も青葉(あおば)も言ってやれよ！　混浴なんてできないって！」

「わたしは別にいい」

「同じく」

「何だって⁉」

俺は一瞬、空と青葉が何を言っているのかわからなかった。

「お前ら、よく考えてくれ……。混浴ってことは、俺と一緒に風呂に入るってことなんだぞ？」

「うん、わかってる」

「俺に全てを見られてしまうってことなんだぞ？　上から下まであますところなく」

「構わない。どうせ将来そういう日が来る。遅いか早いかの違いでしかない」

「絶対こねえよ！　今までもこれからもそういう機会は絶対こねえよ！」

「そうですよ空ちゃん。そういう日が来るのはわたしであってあなたではありません」

「お前でもねえから！」

「そのとおり。そういう日が来るのはわたしだよ。妹の中で、血の繋がりも書類上の繋がりもないのはわたしただ一人だけなんだしね」

「何の繋がりもなくても妹です！　お前ともそういう日は絶対来ません！」

「あ、でも安心して？　もしそうなってもちゃんと二人を誘うから。わたしとお兄が結婚しても、一人だけなら子どもを作っても許してあげる」

「青葉さん、それはわたしのセリフです」

「いや、わたしの。二人の子どもならわたしの子も同然。精一杯の愛情を注いで育てる」

「お前らお互いが大好きすぎるな！」

　自分だけじゃなく、他と子どもを作ってもいいらしい。

「彗、だから大丈夫。混浴とか超よゆー」

「そういうわけだから早く行こう、お兄」

　空と青葉も敵に回った。

しがみついている凛音を援護する形で俺の両側に回ると、腕を取って前に進む。

「お、お前ら本気か？　本当に見られてもいいのか？」

「ええ、構いません」

そう言い温泉施設へと向かうその足取りには、ひとかけらの躊躇も見当たらない。

「おい、よく考えてみろ！　ここは自宅じゃなくて公共の施設なんだぞ！　俺に見られるのはよかったとしても、他人に見られるのはどうなんだ!?」

「別に？」

「ちょっと恥ずかしいけど平気だよ？」

「マジで!?」

本当に平気っぽい反応が返ってきた。

え、何？　本当に平気なの？

最近の女子高生って、赤の他人に全裸見られても平気なの？

「そ、そんなに自分の裸に自信があるのか？」

「え？」

「いや、微塵も躊躇する様子が見られないからさ。よっぽど自分の全裸に自信があるのかなーって思って……」

「彗、何言ってるの？」

「全裸って何のこと？」

「は？」

空と青葉の言葉に思わず声が漏れた。

「いや、だって温泉だろ？　風呂は裸で入るもんじゃ……」

「ここのお風呂、水着着用」

「施設の大きさ見なかった？　あの規模で裸のお風呂ってありえないよ？」

「男女別になっているところとか、家族風呂なんかは普通に裸ですけどね。混浴部分は水着ですよ？」

ようやく合点がいった。

どうやら俺は盛大な勘違いをしていたようだ。

そっかー、そりゃそうだよなー。年頃の男女が全裸で混浴とかあるわけないよなー。思春期なのに裸を見られて平気とかあるわけないよなー。施設の大きさとか考えれば普通はわかるよなー。こんな勘違いするなんてムッツリスケベか異性の裸に興味津々な性欲魔人くらいのもんだよなー。

うわあああぁぁぁぁぁぁぁぁっ！　超恥ずかしいんだけど⁉

「もしかして勘違いしちゃってた？」

「…………………はい、してました」

「彗、そんなにわたしたちの裸を見たかったの？」

「いや、そういうわけじゃないんだけど……」

「んもう、兄さんてば。口では色々言っていますけど、本当は見たかったんじゃないですか。それならそうだと素直に言ってくださいよ。もう、素直じゃないんですから」

「いや、だから本当にそういうわけじゃないんだって！」

これは本当だ。混浴と聞いて俺が思ったのは「妹たちの裸を見れる！」じゃなくて、「俺の裸を見られる!?」だった。

本心では妹たちを異性として見ている俺なので、その裸を見れるかもと勘違いし、ドキドキしたのは事実だ。口には絶対出さないがそれは認める。

だがしかし、それ以上に自分の裸を見られるのが恥ずかしかった。

同年代の奴に裸を見られるのって何か恥ずかしくないか？

相手が異性ともなれば言わずもがなだ。

「わかりました。兄さんにそんな期待をされては応えないわけには参りません。今から家族風呂を予約してきますので少しだけお待ちください」

「だから違うって言ってるだろおぉぉぉっ！」

俺から離れ、ダッシュで施設のフロントに向かう凛音を止めるべく全力で追いかけた。

なお、さすがにそうなっては恥ずかしいようで、空と青葉もそれに続いた。

☆

そんなひと悶着があってから十五分後。

俺は温泉施設内のビーチチェアに寝転がり、リゾート気分を満喫している。

開放された窓から見える景色はオーシャンビュー一色。施設のオープンに備えて植えられたであろう南国の植物もあり、まるで日本じゃないみたいだ。

外のそんな景観に加え、中の施設も素晴らしいの一言につきる。

流れる温泉（滑り台）や波の出る温泉、高級食材を惜しみなく使った海の家（ただしスタッフはバーテン服）など、色々と楽しそう&癒されそうなものが多々配置されている。

俺はあまりこういう場所には来たことがないので、どれから楽しもうか目移りするばかりだ。

「お待たせしました、兄さん」

ジュース片手に色々考えている最中、凛音の声が聞こえたのでそちらを向くと、私服から水着へと装いを替えた、我が愛しの実妹の姿がそこにあった。

清純な白のサマードレスを脱ぎ捨て、黒のビキニにパレオを装着。腰まである長い髪をアップにまとめた凛音の姿は、普段とは違った魅力を俺に訴えてくる。

「どうでしょう？　似合ってますか？」

「ああ、客観的に見てすっごくセクシーだと思う。よく似合ってるぞ」

「ふふ、ありがとうございます」

俺の言葉に気をよくしたらしく、凛音（りんね）の顔が綻（ほころ）んだ。

実の妹にセクシーとか言うのはちょっと自分でもどうかとは思ったが、実際それ以外に表現のしようがないので仕方がない。

水着姿を見て初めて気づいたのだがこの実妹（じつまい）、着やせするタイプなのか意外と胸がある。あと腰すっごい細い。ギュっと後ろから抱きしめたら折れちゃうんじゃないだろうかというくらい細い。そんなことしたら凛音の思う壺なので絶対やらないけど。

「彗（さとる）、わたしは？」

「そうだな……」

続いて登場したのは義妹（ぎまい）の空（そら）。

空が着ているのはオレンジチェックのタンキニだった。肌や髪などが白く、雪の妖精のような儚（はかな）いイメージの見た目な雰囲気の空には、暖色系の色がよく似合っていると思う。

「うん、凛音もだけど空もよく似合ってると思う。すごくかわいいぞ」

「……………よし（グッ）」

空がこぶしを握り締めた。

ちなみに絶対言わないけど、空の水着姿も結構刺激的だ。上部分のすそがヒラヒラしているせいか、かわいい空のおへそがチラチラして、見えそうで見えないチラリズムを誘い、なまじへそフルオープン状態よりも悩ましげに見える。

あと尻。こちらも水着姿を見て初めて気づいたけど、こいつ結構尻がでかい。

いわゆる安産体型というヤツだ。

小さな身体と小さな胸に反比例するかのように成長した空の尻に、何ともいえないアンバランスな魅力を感じる。

「お兄、わたしはどうかなっ？」

「すっごいエロい」

「何かわたしだけ反応が違う!?」

登場するなり率直な意見を返すと、青葉が微妙な表情になった。

たぶんこれがマンガだったら、背後に「ズガーン！」とか「ズギャーン！」とか、そういった類の効果音が出ているんじゃないだろうか。

「青葉によく似合ってるぞ」

「微妙に嬉しくない感想なんだけど!?」

喜んでいいやら、悲しんでいいやら、微妙な面持ちの青葉さんである。

まあ、エロいと言われて喜ぶ女子ってあんまりいないよな。

青葉の水着は黒縁の白ビキニ。グラドル体型の青葉の身体にぴっちりと張り付いている。ビキニの上は胸をしっかりと持ち上げていて形がくっきりだし、下は腰に吸い付いていて、むちむちっぷりがはっきりしている。

どこをどうやっても、エロい以外に言いようがない。

「あの、青葉さん？　その水着サイズ合ってますか？」

「思いっきり下乳出てる」

「嘘!?　さっき頑張って直したのに!?」

再び「ズガーン！」といった表情になった。

ああ、そうか。直してたから一番来るの遅かったのか。

「他の水着に替えてきてはどうでしょうか？　サイズは豊富に取り揃えているはずですから。その水着じゃあ……その……」

「こ、これ一番大きいサイズなんだけど………」

わぁお……。

「自前のは？」

「持ってきていない……」

わぁお……。

青葉の言葉に何ともいえない空気が俺たちの間に流れた。

一所懸命水着を直している青葉をよそに、俺の中でひとつの結論が浮かぶ。

――とりあえず、滑り台はなしだな。

時にはダチョウのように

「こんな言葉を知っているかな？　『少年老い易く学成り難し』」

俺たちの前を歩く青葉が、道徳の教科書に載っていそうなことを、学校の先生のような口調でそう語った。

もちろん俺は知っている。たぶん凛音も。

多少意訳になってしまうが、一言で言うと『何事も経験』。

人間はすぐに年を取るから、若いうちから色々なものに挑戦し、寸刻を惜しんで学び、経験をつもうという意味で使われることが多い。

頭に？マークを浮かべていた空のために、青葉が言葉本来の意味と用途を説明し、

「さて、理解してもらったところで」

ピタリと足を止めて振り返り、

「誰から行く？」

それと同時に目を逸らした。

今青葉と目を合わせるわけにはいかない。

目を合わせたら――やられる。

「…………………」

「…………………」

「…………………」

隣にいる凛音と空もそのことは重々理解しているようで、二人とも俺と同じタイミングで目を逸らした。

ジャンケンの結果、まっ先に自分の入りたい風呂に来れた、普段の二割り増しで機嫌の良い青葉は、決して視線を合わせようとしない俺たちの顔を舐めるように覗き込む。

「みんな、ちょっとビビりすぎだよ」

目の前の風呂が放つ、重圧が俺たちの足を止めている。

初心者お断りのオーラが風呂全体から出ているため、そのオーラにあてられた俺たちは一歩も動くことができない。

そんな俺たち三人を見かねて青葉は小さく首を振って言う。

「はぁ……たかが『電気風呂』くらいで尻込みしなくてもいいのに」

電気風呂とはその名のとおり、電気が流れている風呂のことだ。

電気で狩りをする電気ウナギや電気ナマズ、某格ゲーキャラクターのイメージがあるので、水に電気という組み合わせは大丈夫なのかという疑問があったりするのだが、青葉いわく大丈夫とのこと。

流れているといっても微弱なもので健康に悪影響はない。

それどころか、筋肉のコリや疲れに作用し、むしろ健康になるとのこと。

青葉(あおば)はお金が入ると月に一度の贅沢(ぜいたく)として、市内のスーパー銭湯にある電気風呂で疲れを癒しているらしい。

なんだろう？　見た目はスタイル抜群の美少女なのにめっちゃババ臭い。

「いい加減覚悟を決めたらどう？　電気と言ってもただの風呂なんだし」

「……ええ、それはそうなのですが」

「……何かこわい」

「風呂っていっても電気だからなー……」

青葉のセリフを逆に返す。

スーパー銭湯や高級リゾートに採用されているくらいだから健康にいいのだろうが、ぶっちゃけ初心者にはちょっと怖い。

電気＝危険、もしくは罰ゲームなイメージがあるので、入るのに結構勇気がいる。

入った瞬間アフロになったりしないかな？

「一度体験したら病み付きになるんだけどね」

どうしたものかと青葉が腕を組み考える。

「うーん、これは誰か一人が代表して先に入らないとダメかな？」

「……誰か一人」

「……ですか？」

「……それしかないみたいだな」

俺、凛音、空の視線が交わる。

慣れている青葉が先に入っても、俺たちは安心感を得られない。

なぜなら青葉は、すでに電気風呂によってその身体を開発（エロい意味じゃない）されているため、俺たち初心者とは肉体的にも精神的にも大きな隔たりがある。

同じ条件の人間が犠牲となり、その実情を目の当たりにすることで、初めて俺たち初心者は安心を得られるのだ。

「……凛音、空」

「……仕方ありません。覚悟を決めます」

「……恨みっこなし」

俺たちはそれぞれ相手に背を向けると、両手を交差させてぐるりと回し、手の中を覗き込むようにして勝利の一手を模索する。

昔からあるけど、これって何か意味あるのだろうか？

「よし、行くぞ…………………ジャンケン！」

数秒後——、

俺は、備え付けられた手すりに手をかけ、目の前に広がるあったか空間を見つめていた。

俺、ジャンケンまじで超弱い。

「…………………よし、行くぞ！」

電気風呂に入るべく一歩踏み出す。

が。

「兄さん？」

「……彗（さとる）？」

「お兄（にい）？　どうしたの？」

俺は一歩踏み出した——が、足をつけることができなかった。

踏み出した足は空中でピタリと停止している。

いや……やろうと言った手前やらなきゃいけないのはわかっているんだけどな。

やっぱ怖いものは怖いわけで。

脳が行けと言っているけど、身体がその命令を拒否している。

「お兄、まずは先っちょだけでいいから。足の親指をお湯につけてみようよ」

熟練者の青葉が横から優しい顔をしてそう促す。

俺は頷きゆっくりと、自身の身体を騙し騙し動かして足を進め——お湯に、つけた！


——ビビバババババッ！


「————っ⁉」

速攻で足を引っ込めた。

え、何アレ⁉　お湯に触れた瞬間、超ビリッときたんだけど⁉

いや、正確に言うとビリッなんてかわいらしいものじゃなくて、ビビバババババッ！

だったんだけど⁉

マジでアフロになる未来が見えたんだけど⁉

「青葉、コレって入っても大丈夫なのか⁉」

「大丈夫だから設置されているんだよ」

「ああ、うん。そうだよな……」

「なんならわたしが先に入って確かめようか？」

「いや、それはいい」

上級者のリアクションは参考にならない。

「今度こそ行くから、お前たちはそこで見てろ」

深呼吸して呼吸を整え——いざ！

もう一度俺は水面に向かって足を伸ばす。

そしてくるりと振り返り念を押す。

「一応言っておくけど、お前ら押すなよ？　深さはそれなりにあるっぽいけど危ないからな」

「そんなの当たり前じゃないですか」

「一般常識」

「お兄（にい）、わたしたちってそんなに信用ないのかな？」

妹たちから「何言ってるんだコイツ？」という視線をいただいてしまった。

これ以上そんな視線を浴びたくないので、俺は再びゆっくりと足を動かし——また振り返る。

「今行くからな！　本当に押すなよ!?　絶対押すなよ!?」

「だからわかっていますって！」

「彗（さとる）、しつこい」

「わかったから早く入ってよ、お兄」

妹たちの反応を確かめ、再び前を向く。

水面まであと一センチ――で振り返り、

「あと三つ数えたら――」

「えいっ！」「……とうっ」「せいっ！」

――ドボオオオオオオオォォォォォンッ！

――しびびびびびびびびべぼぼぼぼぼっ！

「お、ほ⁉　うほおおおぉぉぉぉぉっ⁉」

全身に微弱な電流が駆け巡り、俺はびっくりして飛び上がった。

そのまま全速力で電気風呂の縁を上り、風呂の外に横たわる。

「お、お前りゃ……あれほど押すにゃって言、言ったのにぃ……」

「だから押したのですけど？」

「完全に前フリだと思った」

「むしろ押せという意味だと思ったね」

ねーっ、っと三人の妹たちは顔を見合わせる。

お前たち本当に仲良いな！

「それでお兄、電気風呂初体験はどうだった？」

横たわる俺の前で、青葉がしゃがんで尋ねてくる。

「…………正直、気持ちよかった」

確かに電撃が身体を突き抜ける感覚は未知のもので戸惑ったけど、よくよく考えるとちょっと……いや、かなり気持ちよかった。

疲れを直接イジり揉(も)み解(ほぐ)される感覚ってしゅごぃ……いや、すごい。

俺は立ち上がると、今一度電気風呂に入るべく手すりを握る。

今度はどんなものか理解しているため、リアクション芸人の前フリみたいなことはせずに普通に着水。

着水した部分から身体の中に何かが入ってくるような、未知の感覚を再び味わう。

最初は身体の中を何かが駆け巡る感覚に驚いたけど、慣れると気持ちいいな。

疲れている部分を微弱な電気が貫通して、内部から直接ほぐされている気がする。

「あぁ、これ……慣れてくるとマジで気持ちいいな…………。筋肉のコリがほぐされて血流がよくなっていくのが実感できるわ」

「でしょ？」

青葉(あおば)が得意な顔になった。

「さあ、お兄(にい)で安全性が保証されたことだし、二人も入りなよ」

「……ええ」

「……うん、そうする」

青葉の促しにより、凛音(りんね)と空(そら)が手すりをつかんだ。

凛音が左で空が右、二人とも手すりを抱えるようにつかまり、おそるおそるといった感じで足を出して――止める。

一分前の俺みたいなリアクションだな。

「どうした二人とも？　入らないのか？」

「い、いえ、入ろうとは思ってるのですが」

「……やっぱこわい。本当に大丈夫？」

「大丈夫だよ。お兄を見ればわかるでしょ？」

凛音と空はやはりビビっているようで、なかなか入ろうとしない。

二人がビビる気持ちはわからないでもないが、これでは俺が先陣を切って身体を張った意味がない。

俺は二人の後ろにいる青葉に目配せする。

すると、青葉は俺の意図を察してくれたようで、こっそりと二人に接近していく。

「そ、空ちゃんからお先にどうぞ。中で兄さんが待っていますよ？」

「いや、凛音からでいい。遠慮しないで。ここは血の繋がった妹こそ先に行くべき」

「なら、二人同時に逝くといいよ」

青葉が二人の背中を押して、電気が流れる水面に叩き込んだ。

――ドボオオオオオオオォォォォォォォンッ！

――しびびびびびびびびびべぼぼぼぼぼっ！

「お、ほおおおあああぁぁぁぁっ!?」

「……ん、うううううぅぅぅぅっっ!?」

水の中に叩き込まれた二人は、流れる電気に身体中を侵され奇声を上げて飛び上がった。

そしてそのまま風呂の外へ飛び出すと、力なくへなへなと崩れ落ちた。

「な、何をするのですか青葉さん!?」

「……あ、青葉の鬼畜！」

「いや、お兄みたいな前フリかと思って」

「全然振ってなかったじゃないですか！」

「お、押すなよって言ってない！」

サッと、青葉が目を逸らした。

「で、でも気持ちよかったよね？」

「それは……はい」

「……新しい自分に目覚めそうになった」

身体中を突き抜けた未知の感覚を思い出したのか、少し頬を赤らめながら告白する二人。

電気風呂に対する恐怖心は完全に払拭されたようだ。

もう放っておいても大丈夫だろうと判断し、青葉が風呂の手すりに手をかける。

「えいっ」「……とうっ」

――ドボオオオオオオォォォォォォンッ！

――しびびびびびびびべぼぼぼぼぼっ！

青葉が電気風呂に叩き込まれた。

俺たちみたいにビビる様子も、前フリっぽいことも一切しなかったのに躊躇なく押した凛音と空。

完全にやりかえしただけだコレ。

「な、何するんだよ二人とも!?」

「あれ？　何も反応がありませんね？」

「……青葉、不感症？」

「わたしは普段から入っていて慣れているから特にリアクションは出ないよ！　あ、あと不感症じゃないからね！　ちゃんと感じ……って、何を言わせるんだよバカっ！」

バシャン――と、青葉が風呂のお湯で反撃する。

お湯が直撃した凛音と空は顔こそ普通だが、叩き込まれたことと今の反撃で、戦意高揚が始まっている。

「やりましたね？」

「……宣戦布告と受け取った」

「そっちが変なことを言うからだ！　わたしは別に悪くないし！」

むーっ、と睨み合う妹三人。

このままでは被害を受ける――と俺の第六感が囁くので、ゆっくりと場所を移動する。

これから始まるであろうことを考えると、場所が場所なので止めるべきかもしれないけど、風呂っていうよりプールだから別にいいだろう。

女子の水の掛け合いは癒されるし、温泉の目的も癒しだ。癒しのダブルパワーが期待できる。

というわけで退避。

その結果、

「あはははっ！　それっ！　それっ！」

「……やられたらやり返す！」

「わっ！　ちょっと待って二人とも！　み、水着が……」

睨み合っていたのはどこへやら、すぐに普通のお湯の掛け合いへと発展し、俺は肉体的にも精神的にも非常に癒される結果となった。

俺たちは旅行の定番ができない

電気風呂を皮切りに、色々な温泉を堪能(たんのう)するうちに夜になり、夕食。

普段とは違う豪勢な食事に舌鼓(したつづみ)を打った俺たちは、食事を十分に満喫した後、部屋に戻りすぐに寝てしまった。

お腹(なか)がいっぱいになったことに加え、長時間の入浴による湯あたり、移動中の車酔いによる体力の減少、快適な睡眠を約束してくれるホテルのベッドなどが拍車をかけたものと思われる。

ソファで寝た俺も一瞬で夢の世界に旅立ったくらいだから、ベッドの快適さは相当なものだっただろう。

たっぷりと翌日の昼近くまで寝た俺たちは、昼食を取ってから近くを散策。

ホテルの人に聞いた近場の観光スポットを夕方まで巡り、日が傾くころにまた風呂へ。

電気風呂で体内に電流を流し（気に入った）、疲れた筋肉をほぐした。

その後、旅行最後の夕食を取って部屋に戻り、一般家庭にはまずないであろう巨大なテレビに、フロントで借りた八十年代の名作海外映画を観(み)る。

映画鑑賞をしつつ、快適さ抜群のソファの上でゴロゴロしていると眠くなってきた。

「明日帰るんだし、そろそろ寝るかな」

そう言い寝室に行こうとすると、凛音が抗議の声を上げる。

「待ってください。寝るにはまだ早い時間です」

ほら――と、凛音が時計を指す。

時計は夜の十時半くらいをさしている。

「確かに高校生の寝る時間としては早いけど別にいいだろ。旅行で普段より疲れているわけだしさ」

「ふぅ、やれやれ。兄さんは全然わかっていませんね。旅行に来たからこそ夜更かしするのではないですか」

せっかくいつもと違う環境にいるわけだし――と凛音。

「修学旅行生が先生の言いつけどおり消灯時間で眠りますか？　むしろ早すぎる消灯時間に不満を覚え、先生の目を盗んで個々で色々やるのではないでしょうか？　普段と違う時間を楽しみ満喫するのではないですか？」

凛音の言うことは、確かに一理あるかもしれない。

そういえば中学の修学旅行のとき、枕を布団に仕込んでホテルを脱出――そのまま夜の街へ繰り出していたクラスメイトがいたっけ。

その後、そいつらは当然のように先生に見つかって一日中正座と反省文のコンボを食らっていたけど。

ちなみにそいつらが先生に見つかった場所が風俗街だったらしいけど、一体何で先生はそんなところにいたんだろうな。

俺は心が清い高校生だから、何でなのか全然わからないや。

「確かに俺も中学の修学旅行のとき寝なかったっけ。抜け出して友達と麻雀(マージャン)やったり、トイレに行くふりをして女子の部屋に行ったりしたなあ」

「そうでしょうそうでしょう。ところでその女子の部屋に行ったときのことについて、詳しく聞かせていただけないでしょうか？」

「別にお前が想像しているようなことはなかったよ。友達の付き添いで行っただけだし」

当時、仲がよかったイケメンの友達&スポーツマンの友達が女子の部屋にお呼ばれされたので、頭数揃(そろ)えるために部屋のみんなで行っただけのことだ。

「部屋に忍び込んで一緒にダべったり、トランプやUNOをやったりしただけだよ。他は特に何もなかった」

「本当ですか？」

「本当だよ。っていうか、抜け出すとはいえ定期的な見回りとかあるわけだし、そうそう変なことできるわけないだろ」

「言われてみればそうですね」

俺の言葉に、一瞬納得する凛音(りんね)。

「でも、万が一ということもありますし」

「ないない。お前の中学にそんなことあったか？」

「わたし、中学は女子高でしたので参考になりません」

「ああ、なるほど」

それならそんなことあるわけないか。

むしろあったら怖いな。

ならばと、俺は映画鑑賞中の二人に話を振ることにした。

「空(そら)、お前はどうだった？　中学の修学旅行でそんなことあったか？」

「先生の部屋で寝泊まりしていたからよくわからない」


一気に空気が重くなった。

「あ、そ、そうなんだ……」

「そ、それは……抜け出せませんね……」

「抜け出すつもりもなかった。わたし、友達いなかったから」

ズーン　と、部屋の空気がさらに重くなった。

これ以上空に話を振ると空気の重さに耐えられなくなりそうなので、青葉に話を持っていく。

「あ、青葉はどうだった？　中学の修学旅行で——」

「費用を積み立てられなくて行っていない。言わなかったっけ？」

さらに空気が重くなった。

「と、とりあえず何もなかったということで話を戻します！」

こんな空気になった責任の一端を感じたのか、凜音は努めて明るい声でそう宣言した。

「何もなかったにしても、素直に寝たりしなかったのですよね!?　友達と一緒に夜更かしして遊んだのですよね!?　だったら今夜は遊びましょう！」

「よ、よし！　そうするか！　せっかくの旅行だしな！」

俺も話を振った責任を感じているので、凜音の案に乗ることにする。

寝る云々はもうどうでもいい。

っていうか、この空気のまま床に入ったら気まずすぎて寝れない。

「それじゃあ凜音、何をして遊ぼうか!?」

「旅行の定番といえばゲームです！　こんなこともあろうかと、わたし、携帯ゲーム機を持ってきています！　兄さんと青葉さんのぶんも！」

はい、どうぞ——と、持っていない俺と青葉にゲーム機を渡す凛音。

「映画の後はみんなで仲良くゲーム大会です。さあ、電源を入れましょう！」

言われるままに電源を入れる。

俺と青葉のゲーム機は起動音が鳴り、タイトル画面に移行するが、

「…………電池切れです」

「…………来る途中やりすぎた」

凛音と空のが動かなかった。

ゲーム大会終了のお知らせである。

「ま、まだです！」

自分のミスで予定が一つ潰れたプレッシャーにも負けず、代案を挙げる俺の実妹の強さがまぶしい。

「携帯ゲームがダメならカードゲームがあります！　さあ、みんなでＵＮＯを——」

そう言いながら自分の荷物の中を漁る凛音だったが。

「い、家に忘れてしまいました……orz」

ダメじゃん。

続いてＵＮＯ終了のお知らせである。

「な、ならば身体を動かしましょう！」

三度凛音（みたびりんね）が立ち上がる。

心なしか凛音を見る空（そら）と青葉（あおば）の目が優しい。

「旅行の定番といえば枕投げです！　みなさん、今から枕を——」

「この部屋枕ない」

さらに枕投げ終了のお知らせである。

俺たちの部屋にはクッションこそあるが枕は存在しなかった。

クッションでは投げたところで速度も出ないし、枕に比べて痛さも重さもないので、ぶっちゃけあまり楽しくない。

「ええいっ！　物なんてなくても人間楽しむことはできるんです！」

最後の気力を振り絞る感じで凛音が立ち上がる。

「楽しいという感情は人と人との交わり、言葉から生まれるもの。旅行でのおしゃべりの定番と言えば恋バナです！　みんなで好きな人を言い合いましょう！」

「彗（さとる）」

「お兄（にい）だけど？」

トドメの恋バナ終了のお知らせである。

旅行での恋バナは、誰か一人でも好きな人を知らない奴（やつ）がいるから成立するのであって、俺の誕生日に堂々と告白した人間しかいないこの場で成立するわけがない。

ちなみに俺は恋愛的な意味で好きな人はいない。

あえて候補者を挙げるとすれば妹たち三人だが、それを明かすわけにはいかないのでいないということにしておく。

「ならば……ならば………」

代案をことごとく失敗してもまだ諦めない俺の実妹が美しい。

「え、と……じゃあ次は………」

「凛音」「凛音ちゃん」

知恵を絞っていた凛音の背後に空と青葉が移動し、二人で凛音の肩に手を置く。

「もういい。もう十分」

「凛音ちゃんはよく頑張ったよ。もう頑張らなくてもいいんだ」

空と青葉の優しい言葉が凛音の心を貫く。

時に優しい言葉は心を殺す武器にもなる。

「う、うぅっ……」

二人の優しさに凛音の心がポッキリと折れた。

「こうしているうちに十一時も回った」

「もう寝よう？　ね？」

「はい……」

心が折れた凛音(りんね)の肩を抱き、空(そら)と青葉(あおば)は寝室に入った。

俺はTVを消し、DVDをフロントに返しに行き、部屋の電気を消してソファに寝転がりそのまま朝までぐっすり。

記入を終えたアンケート用紙を提出後、来たときと同じように、ホテルの車で家まで送ってもらい帰宅する。

帰宅中、一言もしゃべろうとしない凛音の姿が印象的だった。

テスト勉強

ゴールデンウィークが明けたあたりから、気が早い人はそろそろアレを意識し始めるかもしれない。

アレの時期は学校によって前後するものの、だいたいの実施日は同じだろう。

どこの学校の生徒でもアレまで残り約一ヶ月となったこの時期には、「まだ一ヶ月」と取る奴と「もう一ヶ月」と取る奴とが大まかにだが分かれ始め、放課後や休日の行動パターンに差が出てくるものだ。

多くの学生をこの時期二分する『アレ』——こんな前フリしなくてもというか、わざわざ正解を言わなくても現役中高生なら察せられるとは思うけど、あえて言わせてもらうとしよう。

件の『アレ』とは中間テスト。

一学期の中盤にブチこまれ、スクールカーストならぬスタディカースト中位以下の学生たちを、問答無用で阿鼻叫喚に陥れる学生生活の壁にして第一の関門。

ここで赤点を取ってしまうと一学期の成績に大きく響くことになり、場合によっては留年——中学時代の後輩からタメ口、もしくは「〇〇さん」という気を遣われた呼び方をされていたたまれなくなるといった恐怖へ続く道を歩んでしまうことになる、学生生活における非常に重要なイベントだ。

現在、俺は約一ヶ月後に迫ったこれに備え、自分の部屋で勉強中である。

俺や妹たちが通う高校は近隣ではトップの進学校なので、出てくるテスト内容もそれ相応に難しく、中学と同じだとナメてかかった一年前の俺はものの見事に絶叫したので、今年はそうならないためにこうしているというわけだ。

「ねえ青葉さん、ここなんですけど」

「ああ、これはね……」

ちなみに妹たちも一緒だ。

実妹の凛音は同じ学年だし、似妹の青葉は一コ上だ。それぞれ個人で勉強するよりも、集まってやったほうが効率がいい。下級生は上級生に勉強を見てもらえるし、上級生は下級生の勉強を見ることで復習にもなるからだ。言うなればＷＩＮ＆ＷＩＮの関係だな。

にもかかわらず、

「なあ空」

「何？」

「お前は勉強しなくていいのか？」

三人の妹の仲で唯一、義妹の空だけがこうして机を囲もうとせず平常運転。

朝っぱらから俺の部屋に来るなり冷蔵庫から適当なものをパクり、それを食べながらベッドでゴロゴロ。マンガを読んだりラノベを読んだり、ＴＶを見たりゲームをしたりして、いっこうに何もする様子がない。

俺の中では中間テストまで「もう一ヶ月」という認識だが、先に述べたとおり「まだ一ヶ月」という認識も間違っているわけじゃない。

だからこの時期、まだ遊んでいたとしても十分間に合うといえば間に合うけど、テストの難易度を知っている手前どうしても心配になる。

「うちの学校のテストって難しいぞ？　今のうちから備えておいたほうがいいんじゃないか？」

「そうですよ空ちゃん。備えあれば憂いなしです。赤点を取ってからじゃ目も当てられませんよ？」

「夏休みまで休日返上で補習確定だからね。その上期末も赤点だったら、夏休みの半分がつぶれちゃうぞ」

遊んでばかりの空を心配し、こんな忠告をしてやる俺たち。

しかし空はそんな俺たちを前にし、堂々とこう言い放った。

「大丈夫、問題ない」

と。

「まだ一ヶ月もある。一週間くらい前からやれば何も問題ない」

「まあ、そうと言えばそうなんだけどな」

一週間でも間に合う人は間に合うし。

「でも、一週間じゃテスト範囲カバーしきるのつらいですよ？」

「うちの学校、学習速度早いからテスト範囲広いんだよ？」

「俺たちみたいに普段からやっていないと間に合わないと思うぞ？」

「平気。この前彗と遊びに出かけた日から毎日コツコツやってる」

「お、そうなのか？」

俺は思わず感心した。

一切勉強することもなく、勉強させようとした俺を『悪魔の化身』と言い放つくらい勉強が嫌いだった空が自分からやるようになるとは。

「そうか、俺が知らなかっただけで、お前はお前で毎日努力していたんだな。偉いぞ空」

「そのとおり。もっと褒めてもいい」

「偉い偉い。お兄ちゃん感動した」

「なんならこっちに来て撫でてもいい」

「わかったわかった（ナデナデ）」

「♪」

俺に褒められ撫でられ上機嫌な空。

背中に視線を感じるけど、ここはあえて無視して褒めさせてもらおう。

勉強しない子には褒めて伸ばすのがいいと聞いたことがあるからな。確かトゥライさんが言っていたんだっけ？

「ところで空、毎日コツコツってどのくらいやってるんだ？」

「一日五分」

「俺の感動を返せ！（ズビシッ！）」

「あう……♪」

ツッコまれた部分をさする空。

「一日五分って本当にコツコツだな！」

「毎日の積み重ねを重視している」

「それはー……立派な心がけ、です……ね？」

「でも五分って、それって本当に積み重なっているのかな？」

「最新ゲームの説明書くらいは積み重なっている」

「全然積み重ねていないじゃねえか！」

ＰＳ３（プレイステイシススリー）以降、ゲーム内にチュートリアルが設けられることが多くなり、紙の説明書はなくなりつつある。つまり、空の積み重ねはゼロ。

まったく積み重なっていないということに他ならない。

「せめてレトロゲームの説明書くらいは積み重ねましょうよ……」

「……う、後ろ向きに検討する次第」

「せめて前向きに行こうよ……」

空がこんなだと心配になる。

こんな様子じゃ一週間前になっても勉強しようとはしないだろう。

そうなれば赤点、それに伴う保護者の呼び出しからの両親の帰国という、親の迷惑三段コンボが確定してしまうのが目に見えている。

「空」

親にそんな迷惑をかけるわけにはいかない。

ここは心を鬼にしてでも、兄として妹の生活態度および成績を向上させるしかあるまい。

「あ………」

読んでいたマンガを取り上げ、睨みつける。

「今すぐ勉強するぞ。異議は認めない」

「……………………はい」

☆

空が加わったことで、俺たちは勉強の内容を変更。自分たちの予習復習を切り上げ、三人で空の勉強を見ることにした。

だって、ほら……空って普段まったく勉強していないわけだし。

県内トップの進学校にいるくせに、一日五分の勉強でドヤ顔になれるわけだし。

もちろん勉強時間が長ければいいってわけじゃない、ないんだが……さすがに五分は無いだろう。どう考えても。時間系の異能がなかったらそんな無理だ。五分で十分な勉強なんてできっこない。

「それじゃあ空、問題を用意したからそれをやってくれ」

「…………わかった」

すっごいやりたくなさげに空が答えた。

用意した問題は、学校サイトにある自習用の問題集をプリントアウトしたものだ。

俺はプリンターを持っていないので、凛音にやってもらっている。

青葉には四人分の昼飯を作ってもらっている。もう昼も近いし、飯でも食いながら採点しようというわけだ。

俺は青葉がメシを作る後ろで空と向かい合って座り、空が問題を解く様子をじっと見つめていたのだが、

「あの…………空さん？」

「…………何」

「一応確認したいことがあるのですがよろしいでしょうか？」

「…………よろしい、です」

「これ真面目にやってる⁉」

「当たり前。超真面目にやった」

「嘘つけえええええええっ！」

空の言葉に思わず叫んでしまった。

「失礼な。わたしは超本気でやった。わたしは好きな人に嘘はつかない」

空の目は真剣だ。

本当に嘘をついているようには見えない。

「じゃあおま……これ本当に、本気でやったのか？　一切のギャグも挟むことなく？」

コクン――と空が首肯した。

「…………………マジでか」

正直ショックを隠せない。

「世の中、知らないほうがいいこともあるんだな……」

俺は手に持った解答に再び目をやり――ため息をつく。

義妹の頭がここまでアレだったとは……。

「ま、まあまあ。理系はできているからいいじゃないですか！」

「り、凛音ちゃんの言うとおりだよ、お兄！　数学も科学も全問正解だなんて凄いじゃないか！」

答案を見た凛音と青葉がそんなフォローを入れた。

確かに理系は俺も凄いと思う。うちの学校って特に科学と数学が難しいって言われているから、それを全問正解するとかマジですごいと思う。

でもな、だからと言って……。

「空」

「何？」

「お前、理系はできるんだな」

「科学と数学は得意。あんなの公式とルールさえ覚えていれば解ける。だから、特に勉強しなくても大丈夫」

「中学最後のそれらの成績は？」

「十段階で十」

「……なるほど」

それが事実だとしたら凄いな。

一日五分どころか、三分も勉強しなかったであろう中学時代にそんな成績を取るとか、才能の片鱗を感じてしまう。

もしかしたら俺の義妹は天才というヤツなのかもしれない。

「当たり前。だからわたしはバカというわけじゃない」

「いいや、お前はバカだ」

俺はもう一つの束——文系科目がプリントアウトされたほうを手に取り、結果を空につきつける。

「こんな解答をするやつが、バカじゃないわけがないだろう！」

☆

空の解答はそれはもう酷いものだった。

才能の片鱗を感じた理系を打ち消すどころか、貫くレベルのバカ解答だった。

その中でも個人的に最高にバカだと思ったものをいくつか挙げてみようと思う。

・この短歌は作者である石川啄木が、当時の自分の生活を振り返って詠んだと言われている。この短歌から読み取れる作者の心情を答えよ。

はたらけど
はたらけど猶(も)わが生活(くらし)楽にならざり
ぢつと手を見る
（石川啄木　『一握(いちあく)の砂』より）

・空の解答
宝くじで一発当たらねえかな？


「こんな答えがあるかよ……どこから宝くじが出てきたんだよ……？」

この答えを見た瞬間、俺はちょっと泣きたくなった。

しかも「当たらないかな？」ではなく、わざわざ「当たらねえかな？」と、男口調にして答えているところに「わたし、ちゃんと心情を考えました」的なメッセージが込められていて余計にアレさを感じる。

「知らないの彗(さとる)？　宝くじの歴史はとても古く、江戸時代にはすでに存在した」

「知ってるよ！」

「生活困窮者が宝くじの夢を見ないはずがない。何もしないで大金持ちになるジャパニーズドリーム……これこそ全ての人々の魂の願い。文章の一文字一文字から『宝くじで一発当てたい！』という作者の気持ちが痛いほど伝わってくる」

「そんなわけあるか！　今すぐ書き直せ！」

「彗には聞こえないの？　このほとばしるような作者の熱い想いが」

「聞こえるか！　っていうか教科書に載るような文章を書く人が、そんなこと思いながら書くわけねえだろ！　教育の現場でそんな答えがあるわけないだろうが。常識で考えろ。常識で」

「常識で考えたからこうなった。物事の真実を覆い隠し、自分の都合のいい解釈を正とする。そんなのが本当に正しい教育とはいえない」

「うるさい。黙れバカ」

と、空の解答を全否定した俺だったが、後々調べてみたところ、どうも石川啄木は妻子ある身で友人に金を借りて豪遊しまくり、その結果生活が困窮していた典型的なダメ人間だったようで、今では空の意見のほうが正しいように思えてきてしまっている。

はたらけどもはたらけども生活が楽にならないのは完全に自分のせいだった。

今では俺にも作者の熱いパトスが聞こえるようになってしまっている。


それはさておき、そろそろ次に行こうと思う。

次はこれだ。

・聖徳太子（しょうとくたいし）が行った最も有名な政策を二つ答えよ。

・空の解答

冠位十二階級平定

十七条拳法の発布

「空、確認するぞ。この答えって」

「書き間違い」

「は？」

「だから、書き間違い。字を間違えた」

「なるほど。つまりお前はこれはただのケアレスミスだと言いたいわけかー。うっかり使う漢字間違えちゃったってわけかー」

「そう、そのとおり」

「嘘（うそ）つけえええぇぇぇっ！」

空の解答用紙をつきつける。

「漢字間違えただけならこんなこと書くか！」

・その有名な政策について述べよ。

・空の解答
モスキート級からヘビー級までの十二階級を聖徳太子は制覇&平定した。

その時に編み出した十七条拳法という流派を起こし、弟子を全国に派遣。聖徳太子の力による政権が発足し、縁者である蘇我氏が中大兄皇子と中臣鎌足という二人の救世主に討たれるまでこの恐怖政治が続いた。


「本当に知ってたらこんなこと書かないだろ！　お前の中の聖徳太子は一体どんな人間なんだ!?」

「世紀末覇者？」

「聖徳太子めっちゃ強そうだな！」

「一騎当千の兵。飛鳥時代最強の男。それが聖徳太子」

指先一つでダウンさせまくってそうな聖徳太子さんである。

そのうち某ゲーム会社の無双シリーズに参戦しそうな気配すら感じられる。

「あとお前、この答えだけど」

・初めて日本地図を完成させた武士の名前を答えよ。

・空の解答
異能忠敬(いのうただたか)

「聖徳太子がそれなら、これも書き間違いじゃなかったんだな？」

「ううん。さすがにそれは書き間違い」

「本当のことを言ってみろ」

「日本地図を初めて完成させた男の名前は異能忠敬。彼の能力『空間掌握(オーバードライヴ)』は測量したことのある土地に一瞬で跳躍することができるというもの。この能力を使って彼は日本中のどの土地へも一瞬で移動することができるようになり、毎朝仕事開始五分前まで惰眠(だみん)をむさぼることが可能となった」

「持ってる能力ラスボス級なのにやってることが普通すぎる！」

「それでいい。強すぎる能力は身を滅ぼすことに繋(つな)がる」

真顔でそう言う空に、俺はそれ以上ツッコめなかった。

あまりの内容に、凛音と青葉も「うわぁ……」ってなってる。

……どうしよう？

本気でどうしよう、この義妹。

理系がどれだけできたとしても、文系がここまで壊滅的だというのはまずい。

下手すれば留年の危険性もある。

それを防ぐにはどうしたらいいか？

選べる手段は一つしかない。

「よいしょ……と」

——ドサドサッ。

俺はダンボールに収納してあった去年の問題集（文系のみ）を空の前にブチ撒けた。

「四月から今までの授業範囲、今日一日で全部復習しろ。異議は認めない」

「えぇっ⁉」

「『えぇっ⁉』じゃない！　いくら何でも限度があるわ！　理系ができても文系がこんなんでいいわけないだろ！」

こんな解答を実際のテストでやったら間違いなく教師に目をつけられる。

だってふざけているとしか思えないし。

俺が教師なら親を呼んで二時間説教コースに突入している。

そんな事態を招いて、親にいらん心配をかけるわけにはいかない。

「空、今夜はお前を帰さない」

「そのセリフはもっと別の場所で聞きたかった…………」

空は俺の言葉に観念したのか、それとも自分の文系学力のアレさに危機感を覚えたのかわからなかったが、素直に俺に従ってくれた。

凛音や青葉にも手伝ってもらい、空の文系学力の向上を試みる。

俺、凛音、青葉の三人による集中講座により、夜もふけるころに行った学力テストでは、空の著しい学力向上が確認された。

これならば中間&期末テストともに安心だろう。

なお、テストが終わったその瞬間、空の意識はぷっつり途絶え、翌日の朝まで死んだように眠りこけたのだった。

墓参り

「デートしましょう、兄さん！」

五月半ばの日曜日。

冷蔵庫に残っていたトマトとレタスでベジタブルサンドを作ろうとしてた矢先、チャイムも鳴らさず凛音(りんね)が飛び込んできた。

凛音はそのまま部屋に上がると俺の真正面に座る。

自分だけ食うのもなんなので、俺は凛音のぶんも作ることにする。パンにマヨネーズを塗り、その上にレタスとトマトを配置。塩コショウで味を調えた後、隠し味にラー油を少しだけ垂らし、四つにカットして完成だ。

ラー油の香りが食欲を誘うソレを、俺は皿に乗せてテーブルの中央に置いた。

「デートっていうか、旅行(それっぽいもの)だったらこの前したばかりだろう？　お前の家が始めた、何かすっごい高そうな高級リゾートで」

「あれもデートだと言えなくもないですが、二人きりじゃありませんでした。わたしは兄さんを一日でいいので独占したいのです」

俺の作ったベジタブルサンドをもしゃもしゃと頬張(ほおば)りながら、自分の主張を口にする凛音だったが、口にした後さりげなく俺から目を逸らした。

「それに、ほら……旅行は、その……アレだったじゃないですか」

「うん、まあ……アレだな。途中までは良かったんだけどな」

「そうですね、途中までは良かったですよね……」

俺と凛音が遠い目になる。

「だからわたしとしてはやり直しをしたいというか、改めて兄さんと二人で出かけたいというか……。最近忙しくて、兄さんと一緒の時間が減っていますし」

ふむ、確かに。

中間テストまで残り一ヶ月をきったころから、確かに凛音と過ごす時間が少し減っている。

凛音だけでなく青葉もだが、ここ最近は夕食時かそれに近い時間帯でしか俺の部屋を訪れない。つまり、遊び目的で訪れない。

二人とも成績優秀なので、おそらくテスト勉強に向けてしっかりと準備をしているのではないだろうか。学生の本分を忘れない二人の態度はとても素晴らしく、兄として誇らしくもあるのだけれど、正直少し寂しい。絶対口には出さないけど。

ちなみに空だけはあいも変わらず、今日はまだ来ていないが、ほとんど毎日俺の部屋に入り浸ってゴロゴロして遊んでいる。こちらは正直来すぎかつ遊びすぎなので、次来たら兄として説教してやろうと思っている。思いっきり口に出して。

あの義妹は、少しは二人を見習うべきだと思う。

と、思考が少し脱線した。

凛音とデートか。

うーん、

「じゃあ、するか？　デート」

「うえええぇぇえっ!?」

俺の返事に、我が愛する実妹は大げさなリアクションを取る。

「い、一応確認しますけど二人きりでですよ？　空ちゃんも青葉さんも誘わないで、わたしと兄さんの二人だけで出かけるということですよ？」

「ああ、うん。そのつもりだけど？」

「うっほおおぉぉおおおっ!?」

凛音がさらに大袈裟なリアクションを取った。

興奮しすぎたせいか、驚いた声がゴリラっぽくなってる。

「に、兄さん！　これが現実なのか確認したいので、わたしの乳首を思いっきりつねっていただけないでしょうかっ!?」

「それを言うなら頬っぺただろ（ズビシッ！）」

「あふんっ♪」

　バカなことを言い出した実妹を正気に戻すためツッコミを入れた。

「痛みの中にもしっかりとした思いやりを感じました……。ということは、これは現実。ついに、ついに兄さんがわたしにデレてくれたということでしょうかっ⁉」

「残念ながらそういった事実はありません」

「何か普通に返されました⁉　……あ、でもでも、『残念ながら』って頭についているから、兄さんも実妹であるわたしとつきあえなくて残念と思ってくれているということでいいですよね？」

「いいわけないだろ！」

　俺の実妹が前向きすぎる。

「前に約束しただろうが。ほら、クラス委員のときの」

「ああ、そういえば」

　先月、俺たちのクラスの委員を決めるときちょっとしたアクシデントがあった。

　当時クラス委員（仮）だった俺が、本格的にクラス委員にならないことを凛音に教えられなかったせいで、放課後二人きりの時間を持てると勘違いした凛音がクラス委員に就任してしまうという事件が発生したのだ。

　どこをどう考えても人の話を聞かずに暴走して突っ走った凛音が悪いと思うのだが、ホームルーム前に追いついてそのことを教えてやる努力をしなかった俺にも原因の一端はある……かもしれない。

だからそのお詫びとしてデート一回という約束を取り付けていたのだが、どうやら忘れていたらしい。

誘いに乗った原因を聞き、ちょっとがっくりきている。

「で、一緒に出かけるにしてもどこへ行くんだ？　言っておくけど、いきなりだったから俺は全く決めていないぞ？」

そう言いつつベジタブルサンドに手を伸ばす。

「あ、それなら大丈夫です」

凛音も俺に続いてもう一つに手を伸ばした。

近くに用意していた黒豆茶をコップに注ぎ、最後の一つを食べ終えた後、胃に流し込む。

「もう決めていますから」

とのことなので、行き先は完全に凛音に任せることにし、俺は戸締りをして部屋を出た。

凛音の着替えを待って一緒に出かける。

「まずは駅に行きましょう」

俺たちは連れ立って駅に向かった。

今日の凛音の格好は旅行の時のサマードレスではなく、動きやすそうなスパッツにノースリーブのシャツ。その上にジャケットという、先日のお嬢様ファッションとは対照的なスポーツ少女ファッションである。

こういうファッションはどちらかというと青葉のイメージだが、わが愛する実妹は見事に着こなしている。

「切符を買ってくるのでここで待っててください」

「ん？　電車に乗るのか？」

格好が格好だし、背中にリュックサックもある。ハイキングでもするのだろうか？

俺たちの住む海老名市近隣には、丹沢山系に属する山があるので可能性としては十分に考えられる。

俺は気になり内容を尋ねると、

「ふふっ、それはヒミツです」

凛音はイタズラ好きの子どものような表情になり、口元に指を当てるジェスチャーをした。

何だよ？　ヒミツとかちょっと気になるじゃないか。

俺はこっそり背後からついていこうとしたが、

「ダメです。兄さんはここで待機。ついてきたら怒りますよ？」

そう言われてしまったので素直に待つことにする。

そして待つこと三分、凛音が切符を買って戻ってきた。

まだ行き先をバラしたくないのか、改札口を通るときも自動改札ではなく、わざわざ駅員さんのいるところへ行って通してもらった。切符から行き先をバラしたくないらしい。

徹底した秘密主義である。

下りの電車に乗って揺られること十五分、そこからバスに乗ってまた揺られること三十分。

「つきましたよ、兄さん」

俺たちはようやく、本日のデートスポットに到着した。

「一年前、兄さんと再会したときから、ずっとここに来たかったのです」

「……なるほどな。空と青葉を連れてきたくないわけだ」

凛音がヒミツにしていた本日のデートスポットは、

「さすがに、人ん家の墓参りさせるわけにはいかないよな」

「そういうことです」

俺たちの両親のお墓だった。

☆

俺は今、凜音と一緒に両親の墓の前に立っている。

もちろんお互いの今の親——などでは当然なく、俺たちを産んでくれたほうの実の親だ。

「それにしても何というか……」

見事に荒れている。

俺たちの両親のお墓は墓石こそ立派なのだが、それ以外が完全にアウトだった。

砂利を敷いていないから、むき出しの土の部分からは雑草が伸び放題。もし墓石に家名が彫られていなければ、無縁仏と思われてもおかしくないほどの荒れっぷりである。

俺たちの親は駆け落ちしたらしいので、仕方ないといえば仕方ないのかもしれない。

親類縁者と縁が切れていればこうなるか。

「それにしても凜音、お前よくここを見つけたな」

何しろ十年も前のことだ。それだけ時間が経過すれば色々と世界は変わって行く。

もちろん俺たちの記憶も、元いた場所も。

預けられていた施設を調べたって、両親の名前くらいはわかるだろうが、さすがに墓の場所までは把握していなかっただろうに。

そう褒めると、我が愛し(いと)の実妹(じつまい)は「ふふん」と誇らしげに胸を張り、上から目線でこう言った。

「兄さん、お金でできないことはないのですよ？」

「色々と台無しだよ！（スパーンッ！）」

「あふん♪」

結構強めにツッコんでしまったけど、これは仕方がないと思う。

両親のお墓を苦労して探し出したちょっと心温まる感動的な話を、一瞬で台無しにしてしまったのだ。完全に凛音(りんね)が悪い。

「もうっ、何をするのですか？　わたしがどれだけ苦労してお墓を見つけ出したと思っているのです？」

「苦労したのはお金で雇われた人たちだろう」

「確かにその人たちも苦労したでしょう。わたしの幼女時代の曖昧(あいまい)な記憶と、施設に残っていた記録を基に探してくれたわけですからね。まともな手がかりなんてほとんどない状況だったでしょう。でもですね兄さん、わたしだってその人たちに負けないくらいの苦労をしたのですよ!?」

「どうせ、その人たちを雇うお金を出すのに――とか言うんだろ？」

「いいえ、今の両親にお願いするのにです。十年以上も実の娘以上に溺愛(できあい)して育ててくれた今の両親に、本当の両親のお墓を探したいって言うのは、正直本当に心が痛みましたよ……ええ……………」

「ごめん、俺が悪かった」

本当にごめんなさい……。

凛音のお義父さんお義母さん、本当にごめんなさい……。

「今年の三月辺り、一時期ウチの会社の株価が下がって、それに連動して世界同時株安になったでしょう？　あれはお義父さんがわたしの話を聞いたせいで、判断ミスをしてしまったことが原因なのです。表面上は『是非やりなさい。本当の両親に今のお前の姿を見せてあげるといい』とか言っていましたけど、内心めちゃめちゃ悲しかったのでしょうね。こんなに愛情をもって育てたのに、凛音はまだ昔の両親を忘れられないのか、自分たちを本当の親だと思ってくれていないのか――みたいな」

関係者の皆さん、本当にすいませんでした！

発端は凛音だけど、俺も無関係じゃないだけに心が痛むわ！

「お小遣いはたくさんもらっているので、雇うお金はポケットマネーで十分出せましたけど、育ててくれた今の両親に黙ってやるのはどうかなーって思いまして。黙ってやったところでお義父さんの耳に入るでしょうし、そうなったらもっと悲しんで、一ヶ月くらい星延グループの全部門が操業停止になるかもしれなかったので」

「……愛情いっぱいにお前が育てられていて安心したよ。……多分、墓の下の父さん母さんもめちゃめちゃ安心してるよ」

安心はしているけど別の意味でハラハラしている。

実妹が世界経済の中心になりつつある。

「でも、まあ、そういう風に傷つけても、いつかはやるべきことでしょうね。こういうことは——よいしょ、と」

そう言って凛音は持っていたリュックサックを地面に下ろし、中から二人分の軍手を取り出した。

そのうちの一組を俺に向けてほいっと投げる。

「それじゃそろそろ始めましょう。まずは草むしりからですね。そんなに大きなお墓でもないし、一時間もしないうちに終わるでしょう」

軍手を装着し指示を出す凛音。

俺もそれにならって装着し、兄妹二人による両親の墓掃除が本格的に開始された。

そして開始から数時間後。


「よしっ、まあこんなもんだろうな」

「ふぅ、ちょっと頑張りすぎちゃいましたね」

草むしりを含め、全ての作業を終えた俺たちは、額ににじみ出る汗を腕で拭い、墓を囲む塀に腰を下ろした。

その近くには俺たちが徹底的に引っこ抜いた雑草がこんもりと積まれている。

この後、凛音が持ってきたポリ袋にこれを詰めるわけだが、一体何袋ぶんになるんだろうな？

十年の歳月は伊達じゃないってことか。

「花も飾ったし、水も替えた。墓石もしっかり磨いたし、一通りこれで終わりかな」

「見違えるくらいピカピカですね。息子と娘に背中を流してもらって、お父さんお母さんも喜んでいることでしょう」

「そうだな」

自分たちの眠る場所を綺麗にしてもらって嬉しくない人はいないだろう。

しかも、相手は成長した自分の子どもたちだしな。

「兄さん、火をつけてくれませんか？」

「ん、任せとけ」

凛音のリュックサックから線香（高級）と着火ママを取り出し、線香の束を二束作り、それらに火をつける。

線香のけむりが空気に混じり、かぐわしくもどこか物悲しいような、線香独特のにおいが俺たちと世界を遮断したような気がした。

目を閉じればもう、かすかな風の音と、お互いの息しか聞こえない。

「兄さん」

「ああ」

俺は凜音に促され隣に立ち、合掌。

目を閉じ、心の中で声を出し、墓の中の両親に語りかけ——目を開ける。

デート（墓参り）終了だ。

「それじゃあ帰りましょうか」

俺たちはむしった草や荷物をまとめ、最後に墓を一度だけ振り返ってから帰路に就いた。

☆

「ねえ、兄さん？」

帰り道にて。

隣を歩いていた凜音が、突然俺の前に回りこみ顔を覗き込んできた。

「お父さんお母さんに何を報告したのですか？」

「何って、そんなの近況報告に決まっているだろ？」

墓参りで報告することなんてそう多くはない。

近況報告とか、もしくは誓いとかそれくらいのものだ。

「そうですか、ならわたしと一緒ですね。兄さんと一緒でちょっと嬉しいです」

嬉しそうにはにかむ凛音に少しだけ胸が高鳴る。

「実は、その上でちょっとしたお願いもしたんです」

「へえ、どんな？」

「兄さんがわたしを選んでくれますようにって」

「今すぐ戻って取り消してこい」

その上で謝れ。

両親の墓参りで語る内容じゃない。

「凛音……お前、まさかあの条約のことも報告してたりするのか？」

「当然です。ここ最近あったできごとの中で一番大きなことですから」

「何故報告する⁉」

「お父さんお母さんに安心してもらうためですよ。いいですか兄さん、恋というものはそれなりに心に余裕がなければできません。つまり、わたしが恋をしていることを墓前に報告することで、天国にいるお父さんお母さんに、わたしが無事に暮らしていることを暗に示したというわけです」

「相手が兄だという光が強すぎるよ!?　父さん母さん絶対そこに気づかないよ!?」

「そして、その恋にライバルがいるほど兄さんは魅力的に育ったという報告も兼ねていたりします。息子がモテモテで嬉しくない親はいませんから」

「たった今お前が嬉しくない親第一号を作り上げたぞ！」

「人並みに恋ができるほど、ゆとりある生活を送れている兄さんとわたし……。お父さんお母さん、今ごろ天国で涙を流しているのではないでしょうか？」

「悲しみの涙は流しているだろうな！」

そんなやり取りをしながら、電車に乗って地元に戻る。


「お父さん、お母さん、どうか見守っていてください」

空を仰ぎ、凛音がそんなことを星に祈る。

どう考えても目を逸らしたい内容なのに、娘にこう言われてしまった両親が、あの世でどんなリアクションを取っているかはわからないが、すくなくとも泣いているのは間違いないだろう。

このときの俺はそう思った。

わずかな変化

墓参りから戻ると、部屋の中には不機嫌そうな顔でテレビ画面を見つめる空と青葉がいた。

部屋に帰るなり「今日一日どこに行っていたの?」と、まるで浮気を疑う奥さんのように詰め寄ってくる二人だったが、凛音と出かけていたことを話すと、とたんに口調が柔らかいものになった。

こいつら本当にお互いが大好きすぎるな。

ちなみに、どこに出かけていたかまでは言わなかった。

カラオケとかボーリングとか、映画とか遊園地とかそういう場所であったならば、別に語ってもよかったが、さすがに墓参りをしていたとは言いにくい。

だから適当に誤魔化し、その場を切り抜け、汗を流し——夕食。

いつもどおり四人で食卓を囲み、テレビを見ながらダラダラする。

その時、それは起こった——。

☆

「え、と――わたしの席は？」

「そこ」

「もしくはここだね」

空と青葉が空いている場所を指し示す。

二人が示した場所は、俺が普段勉強に使っている椅子と、二人より一段低い位置にあるベッドの縁だ。

ちなみに二人はベッドの上、間に俺を挟み壁を背もたれにして座っている。

「そこと、ここ……ですか？　あの、それだと兄さんとの距離が離れてしまうのですが」

「うん、そう」

「兄さんの体温を感じられないのですが!?」

「そんなことはないさ。ベッドの縁までお兄の脚が伸びているじゃないか。体温どころか香りまで感じることができるんじゃないかな？」

「いやいや、ちょっと待て。香りは嘘だろう？」

俺は毎日ちゃんと全身を洗っているぞ。

指と指の間とか、垢がたまりやすい場所とかは、特に重点的に洗っているしな。

っていうか、さっき入ったばかりだ。

だから、そう言ったことは決して——。

「それは、そうですけど……」

「…………マジで?」

俺の足って…………臭うのか?

毎日ちゃんと清潔にしているのにそうなっているのか?

…………………………。

特に、におわない…………よな?

でも、自分自身のにおいってわかりにくいらしいからな。

自分じゃわからないけど、他人にはわかるにおいっていうのもあるかもしれない。

「彗?」

「どうしたのお兄? 急に立ち上がって」

「なんか、急に風呂に入りたくなって」

「さっき入ったばかりなのに?」

「うん、まあ……」

「わかった。ならわたしたちが帰ったあとにして」

「いや、でも……」

「帰ったあとにして」

「………はい」

空に押し切られた。

せめて膝は折っておこう。

「兄さんの隣はジャンケンにしましょうよ。わたしだけ省かれるのは不公平です」

「その意見は却下」

「凛音ちゃんは今日一日、お兄を独占していたじゃないか」

「う、それを言われると…………」

「せめてどこに行ったか教えてくれるなら考えてもいい」

「それは……できません」

少し考えた後、凛音はそう答えた。

「秘密の共有？」

「そういうわけじゃ……」

「わたしたちには言えないことなの？」

「それは……」

チラリと凛音が視線を俺によこす。

言うべきか言わざるべきか迷っているのだろう。

判断を俺に委ねている。

仕方ない、助け舟を出してやるか。

「凛音(りんね)と行った場所は墓地だよ」

「お墓？」

「墓地、だって？」

少し迷った結果、俺は正直に言うことにした。

墓とか、気を使わせてしまうと思って言わなかったが、仲の良い三人が揉(も)める原因となるなら言ってしまったほうがいい。

「今日行ったのは、俺と凛音の本当の親のお墓。凛音が人を使って探しておいてくれたんだよ」

「なんだ、そういうことだったのか」

「ならいい。そういうことなら仕方がない。将来二人で入るお墓を見に行っていたのでなければ特に問題ない」

「その発想はなかったよ！」

「しまった⁉　その手がありましたか！」

「そんな手はない！（ばふんっ！）」

「あふんっ♪」

斜め上を行く義妹(ぎまい)の案に乗り気を見せた実妹(じつまい)に、枕代わりのクッションでツッコミを入れる。

結構勢いよくぶつかったけど、柔らかいので大丈夫だ。

コホンッ――と、短く咳払いして場の空気を戻し、説明。

「そういうわけだから、凛音とどこかに遊びに行ったわけじゃないし、黙っていたのは事情を知って二人に気を使わせないためだよ」

「安心した」

「じゃあ、別に凛音ちゃんを選んだとかいうわけじゃ……」

「ない。当たり前だろう？」

俺はぐるりと三人の顔を見回す。

「どこの世界に実妹を恋人に選ぶヤツがいるんだ？　常識で考えろ常識で」

「納得」

「言われてみればそうだね」

「兄さん、何てことを言うのですか!?　っていうか、二人とも納得しないでくださいよ！」

内心無理だと思っていたんですか!?」

「うん、思っていた」

「恋心というものは自分じゃ制御できないしね。凛音ちゃんの気持ちは尊重はしていたけど、絶対無理だろうなーとは思っていた」

「うわあああぁぁぁあん！」

「正直、わたしと青葉との一騎打ちになると思っている」

「わたしも、最初から凛音ちゃんを敵として見てはいないかな」

「見てくださいよ！　敵としてわたしも見てくださいよう！」

「安心して、たとえわたしが選ばれても子どもは作らせてあげるから。……人工授精で」

「わたしは同居も許すし子作りも許すよ。それ以上にわたしと作ってもらうけど」

「どっちとも作るつもりはないっ！（ベシベシッ！）」

「あぅ……♪」「あふっ……♪」

両隣の義妹と似妹にツッコミを入れる。

「言っておくけど、実妹だけじゃなくて義妹も似妹も選ぶつもりはないからな！」

ええっ!?――という表情になる空と青葉。

それを見て凛音が、密かにほっとした表情を見せている。

「改めて言わせてもらう」

わずかなタメを作り、妹たちの注目を集めた後に、発言。

「俺は、妹と恋人になるつもりはない！」

☆

というような流れのやりとりが起こった。

この後、なんだかんだでいつものような、兄と妹の適当トークとなって時間が過ぎて、妹たちは帰っていった。

三人が部屋に入ったのを確認してから再度風呂を沸かし、俺は念入りに身体を洗う。

それはもう、念入りに。

いつも以上に清潔になったのを確認し湯船に入る。

「…………………………」

そんな中、俺の頭に浮かぶのは先ほどの光景。

凛音、空、青葉の三人のやり取り。妹たちがアレなことを言って俺がツッコミを入れるという、まるで友達同士のような仲の良いやりとりだ。

しかし、今日のやりとりは少し違った。

最初は、ほんのわずかな——たとえるならブラックコーヒーの中にスプーン一杯だけの砂糖が混じったような、一見するだけではわからない、一口飲んだ時点で初めて気づくようなわずかな違いだった。

その違いはあるタイミングを境に爆発的に広がり、ともすれば全体を、味の全てを変えてしまうような危うさを見せた。

その危うさとは――嫉妬。

凛音との秘密の共有による、空と青葉のリアクション。いつもとの違い。

いつもの二人だったら席を決めるにしても、ジャンケンで決めただろう。

凛音の主張を受け入れ。

三人で平和的に。

対立することなく。

だけど今日は違った。墓のことを秘密にしたことで、凛音が特別だと思った二人が嫉妬した。

その結果、仲の良かった三人が少し揉める結果となったのだ。

秘密の共有――俺が一人を選んだと思ってしまった結果、三人の関係にヒビが入った。

こんなのヒビとは言えない、気にすることがバカらしいくらいのものかもしれない。

一瞬で再生した、傷とも呼べない傷かもしれない。

でも、確かに「それ」はあった。

ヒビとも言えない小さなものだが、傷とも呼べない小さなものだが、確かに違いは存在したのだ。

俺と、三人の関係を変えてしまうような、修復不可能なものにしてしまいかねない、きある意味本当のハーレムを認めるような発言をしている。

三人は全員が全員とも、俺を共有してもいい――というような内容の発言をしている。

自分と結ばれても、他の二人とつきあってもいいという、ある意味本当のハーレムを認めるような発言をしている。

もちろんこれらは本心からのものだと思う。

三人とも、俺が求める友達関係のようなプラトニックな妹ハーレムではなく、全員と等しく関係を結ぶ、本当の意味でのハーレムを求めている。

だけどそれは、自分が一番という条件での話なのだ。

自分が正妻と認められている上でのことなのだ。

自分が一番――それなら、『ハーレムを認めてもいい』。

三人の本心はきっと、いや、間違いなくそういうことなのだと俺は思う。

俺が誰か一人を選んだ時点で崩壊してしまう、実現不可能な未来予想図。

俺が誰か一人を選んでしまえば、選ばれなかった二人は泣くだろう。

そして、選ばれた一人も、もちろん俺も泣くだろう。

自分が一番じゃないから。

大好きな二人が泣くことになるから。

妹たちの関係がバラバラになるから。

俺が一人を選ぶ未来は、俺たちの誰一人として幸せになれない。

今日のやりとり——わずかな違和感から、俺はその片鱗を感じ取った。

そんな未来は回避しなければならない。

十年、そう、十年だ。俺の大切な妹たちがこうして一堂に会し、仲良く日常を送るまで十年もかかった。

この日常を崩させるわけにはいかない。

この現状を維持するために。

普通に、楽しく在るために。

「俺は、誰も選ばない」

風呂から上がり床に入る。

妹たちの体温で、ついさっきまで暖かかったはずのベッドはすでに冷たく、少しばかり寒い。

「俺は、誰も選ばない」

先ほどと同じ言葉を繰り返し、目を閉じる。

段々と暖かくなり、自然と俺の意識は薄れていった。

〈了〉

あとがき

前作からの読者の皆様、ご無沙汰しています。今作からの読者の皆様初めまして。塀流(へいながれ)通留(とおる)です。

突然ですが皆様は妹はお好きですか？　僕は好きです。どのくらい好きかというと、両親に妹をねだったり、妹の名前を考えてニヤニヤしたり、妹の名前を好きな女の子の名前にして、妄想の世界でイチャイチャしたりするくらい好きです。……リアルじゃ男兄弟しかいませんけど。

しかし、それでよかったのかもしれません。三次元の妹と二次元の妹は違うと言いますし、もしも僕にリアル妹が存在したらこの作品はまず生まれなかったでしょう。男兄弟でよかった！（強がり）

そんな妹に憧れる僕の今作「突然だけど、お兄ちゃんと結婚しますっ！」――略して「とつおに」のジャンルはラブコメとなっております。

妹大好きなお兄ちゃんと、お兄ちゃん大好きな妹たちが、各々の目的を達成するためにわちゃわちゃとやらかす物語です。

朝起きて飯食って学校行って、帰って遊んだり働いたりして寝る……その過程で実妹(じつまい)にツッコミを入れたり、義妹(ぎまい)にツッコミを入れたり、似妹(にまい)にツッコミを入れたり、実妹がブラック企業を設立しようとしたり、義妹に「アーッ！」されたり、似妹の下乳が見えたり、義母が四回目の想像妊娠したりするさまを楽しんでいただければ幸いです。

それではそろそろ謝辞のほうを。

本作イラストレーターのねぶそく様。難しい注文をしたにもかかわらず、それ以上のクオリティーで仕上げていただき、本当にありがとうございます。あなた様のおかげで自分の中にあったキャラクターたちが鮮やかに色づきました。

特に義妹の空(そら)は絵を見た前と後で自分の中で大きく印象が変わり、より魅力的なキャラクターへと成長しました。重ねてお礼申し上げます。

担当のO様。前作に引き続き色々とご助力いただきありがとうございました。企画書が下手くそな僕に根気よくつきあってくれたあなたあっての僕だと思いますので、どうかこれからもよろしくお願いします。

そして最後に、この本を手に取ってくれた全ての読者の皆様たちに感謝を込めて。
できればまた、次の巻で出会えたらと願いつつ。

塀流通留

MF文庫J

突然ですが、お兄ちゃんと結婚しますっ!
そうか、布団なら敷いてあるぞ。

発行	2017年3月25日　初版第一刷発行
著者	塀流通留
発行者	三坂泰二
発行所	株式会社 KADOKAWA 〒102-8177 東京都千代田区富士見2-13-3 0570-002-001(カスタマーサポート) 年末年始を除く 平日10:00〜18:00 まで
印刷・製本	株式会社廣済堂

©Toru Heinagare 2017

Printed in Japan　ISBN 978-4-04-069146-6 C0193
http://www.kadokawa.co.jp/

※本書の無断複製(コピー、スキャン、デジタル化等)並びに無断複製物の譲渡及び配信は、著作権法上での例外を除き禁じられています。また、本書を代行業者などの第三者に依頼して複製する行為は、たとえ個人や家庭内の利用であっても一切認められておりません。
※定価はカバーに表示してあります。
※乱丁・落丁本は、送料小社負担にて、お取替えいたします。KADOKAWA読者係までご連絡ください。
(古書店で購入したものについては、お取替えできません。)
電話:049-259-1100 (9:00〜17:00／土日、祝日、年末年始を除く)
〒354-0041　埼玉県入間郡三芳町藤久保550-1

【 ファンレター、作品のご感想をお待ちしています 】
〒102-0071 東京都千代田区富士見2-13-12
株式会社KADOKAWA　MF文庫J編集部気付「塀流通留先生」係「ねぶそく先生」係

二次元コードまたはURLより本書に関するアンケートにご協力ください。

http://mfe.jp/xyx/

- 一部対応していない端末もございます。
- お答えいただいた方全員に、この書籍で使用している画像の無料待受をプレゼント!
- サイトにアクセスする際や、登録・メール送信時にかかる通信費はご負担ください。
- 中学生以下の方は、保護者の方の了承を得てから回答してください。